EL SÍNDROME DE LISBOA

EL SÍNDROME DE LISBOA

Eduardo Sánchez Rugeles

www.suburbanoediciones.com | @suburbanocom

A los caídos.

Todo me duele en este día
en que los muertos dejan a la puerta
de los vivos
la corrosiva melancolía.

Eugénio de Andrade

¡Oh, Portugal! Hoy eres niebla.

Fernando Pessoa

Te juro por mis ojos
que vengo a pedirte
el Apocalipsis de la Esperanza.

Carlos de Oliveira

I. Obertura. *Dies irae*

Un año después de la desaparición de Lisboa, el mundo seguía en el mismo lugar. Los agoreros del desastre tuvieron que resignarse al paso de los días, a la repetición incesante de las horas, como si nada hubiera ocurrido, como si la pérdida de más de quinientas mil almas hubiera sido una experiencia fugaz y sin importancia. El Juicio Final, anunciado por profetas exaltados, quedó suspendido hasta nuevo aviso. La existencia mantuvo su rumbo errante a pesar de que, según los expertos, el eje de rotación del planeta sufrió un grave e imperceptible desplazamiento. Las mareas y los vientos adoptaron comportamientos erráticos, una masa de niebla se agolpó sobre los cielos lejanos del Caribe, pero el sol continuó su recorrido tranquilo y, pasados los meses de zozobra, los pueblos de la Tierra aprendieron a convivir con la memoria de la tragedia.

Pero a pesar de que las vidas humanas siguieron adelante, existe un antes y un después de Lisboa. Desde que estalló la desembocadura del Tajo, el tiempo transcurrido es una experiencia cotidiana de la inanidad y el vacío. La fatalidad que destruyó Portugal fue una bisagra en la trama del mundo, el punto de giro de un argumento macabro y absurdo, una prueba fehaciente de nuestro desamparo frente a los impredecibles designios de Dios, el Azar o la Nada.

Un año después de la desaparición de Lisboa me encuentro en el mismo lugar. Hace frío. Las moscas revuelan alrededor de las servilletas usadas, tiradas en el suelo. El televisor, anclado en la esquina de la barra, muestra imágenes intermitentes de un concierto benéfico. No tenía conciencia de la efeméride, Giménez fue el que se acordó: «¡Cómo nos engañaron con aquello del fin del mundo! Aquí seguimos. ¡Una verdadera lástima!». Limpiaba los filtros de cerveza, parecía hablar para sí mismo, disgustado por su buena fortuna. Las visiones me invadieron de lleno, como si se tratara de un acontecimiento reciente. Las lágrimas de Tatiana acapararon el recuerdo. El fin de Lisboa coincidió con nuestro hundimiento.

Me distraigo con el concierto, reconozco a The Edge, el guitarrista de U2, envejecido y enlutado. «Live in Berlin. *Lisbon forever*», anuncia el cintillo del noticiero, sobre una marea de gente que conmemora el aniversario de la hecatombe. No se escucha nada. Giménez mira la televisión a diario, pero nunca la oye. Me incorporo en la silla, inclino el cuerpo sobre la barra; el control remoto, envuelto en cinta plástica, descansa al lado de una pila de vasos. Subo el volumen, la canción elegíaca se cuela entre el polvo. Una película de grasa porcina cubre la pantalla, provocando el efecto de un filtro amarillo, de un Bono con hepatitis. Miro a mi alrededor, enfocando mi desconsuelo en las fotografías colgadas en la pared y en una estantería sobre la que reposan algunas medallas de latón. El barullo de los mediodías fue silenciado por la carestía. Giménez limpia los filtros de sifones estropeados, a la espera de clientes que no volverán, pero que, con sus idas y vueltas, alegrías y pesares, escribieron la historia privada de Bello Monte. Cierro los ojos. Recupero el abrazo de Tati. Los primeros rumores sobre lo que había ocurrido al otro lado del mundo nos permitieron acercarnos. El miedo a lo desconocido develó la profundidad de nuestros lazos y, durante unas horas, mientras no supimos lo que estaba pasando, cuando solo sabíamos que en algún lugar lejano había ocurrido lo impensable, nuestro amor arriesgó sus últimos estertores.

La información era imprecisa. Los medios, como era habitual, apostaron por la censura. Internet cayó, junto con todos los servicios de telefonía. La muerte de las redes sociales alentó la desesperanza de aquellos que habían reemplazado los sinsabores de la realidad por una existencia virtual y alternativa. Solo se sabía que un terremoto o algo parecido había devastado una parte de Europa y que, en cualquier momento, podía ocurrir una réplica. El temor por la suerte de los seres amados pobló las iglesias de nóveles feligreses, porque muchos de los hijos y hermanos de nuestros amigos, de nuestros vecinos, de nuestra urbanización, de nuestra ciudad, de nuestro país, hacía tiempo que se habían mudado de continente, en busca de la serenidad perdida. Y en las calles, en las panaderías, en las colas de los automercados, empezó a circular la idea de que había comenzado el fin del mundo. La península ibérica, comentaban los más entusiastas, había desaparecido. Al tercer día, cuando la angustia le había dado la palabra a los fanáticos, cuando la incertidumbre amenazaba con incendiar las embajadas, el Alto Mando Militar, en cadena de radio y televisión, informó lo que en el resto del planeta era un hecho confirmado y fehaciente. Me costó creerlo. Tati lloraba sobre mi hombro, repitiendo en voz baja: «¡Dios mío, Dios mío!». Los estragos en la ciudad de Lisboa eran incuantificables. «La República Bolivariana de Venezuela —balbuceó un ministro imberbe—, ofrece su solidaridad al pueblo portugués y presenta sus más profundas condolencias a la colonia lusitana radicada en nuestro país».

Un año después, permanezco mirando el concierto en la barra de Giménez, desganado e incrédulo. Sin nada que hacer, sin nada que perder, con las emociones revueltas por las revelaciones de Moreira, el abandono de Tatiana y la marca indeleble de los últimos duelos... los demasiados duelos. En Berlín, Lady Gaga interpreta una balada con arreglo de piano. La multitud, conmovida y drogada, la observa en silencio. Explosiones distantes. La batalla continúa en la autopista Francisco Fajardo. Estelas de pólvora acompañan la brisa. De vez en cuando se escucha algún disparo o el grito desesperado de una arenga libertaria, pronunciada por algún estudiante cautivo o moribundo. Los combates son parte del paisaje, pero no hay esperanza ni ambición. Lo único que queda es el hastío inagotable de nuestras vidas anuladas y los fuegos fatuos de la resistencia, condenados a desaparecer.

II. *Allegro*

La ruptura del sello pasó desapercibida. El día que ocurrió el cataclismo fue una jornada tranquila. Los vecinos supersticiosos, meses más tarde, encontrarían señales ocultas en la remembranza de las horas fatales, pero eran invenciones morbosas y sin fundamento. Mientras Portugal ardía, estábamos durmiendo. La alarma del teléfono no sonó. Me despertó el sonido de la ducha. La cocina estaba sucia, con restos de cenas solitarias apilados en el fregadero. Calenté agua para el té. Necesitaba café, pero no podíamos comprarlo. El buen café, impagable, solo se conseguía en los pasillos del Cine Citta. En ocasiones, Ascanio obraba el milagro, pero se trataba de un polvo amargo y vomitivo. El pan estaba duro, con manchas azules en los bordes. La mermelada disfrazó los hongos. Tatiana salió del baño, buscó su ropa colgada en la silla de la sala. No nos vimos. No hablamos. El estallido era inminente, pero preferíamos contenerlo, evitar la colisión. Se quitó la toalla del pelo.

Me gustaba su cabellera larga, castaña, mojada, cada día más ajena. El espejo raído me mostró un fragmento de su cuerpo desnudo, sobre el que había perdido cualquier tipo de magisterio. Terminó de vestirse. Ansiosa, revisaba los mensajes en su teléfono, pero no podía conectarse a la red. La frustración deformaba su rostro, convirtiéndolo en una mueca de fastidio. Entré al baño con la memoria de los despertares pasados ofertando nuestros mejores momentos, cuando el enamoramiento modelaba la rutina de la casa. Ropa sucia en el suelo. Nudos de pelo en el desagüe. El agua caliente se terminó, la agotó a conciencia. La ducha diminuta, con la cortina rota, me mostró los fantasmas de una pareja en celo. Tomó su bolso y salió. No dijo adiós ni me besó en la cabeza, como en los años de bonanza. No me contó el contenido de su sueño intranquilo ni me advirtió sobre sus compromisos de la tarde. Solo pronunció una frase, un aparte. El caos tecnológico abrió una brecha en nuestro voto de silencio: «No hay Internet». Luego cerró la puerta. Mientras desglosaba mis pesares y desdichas, millones de personas morían abrasadas por el calor, pero yo no lo sabía.

El cielo era una masa gris, pesada e inmóvil. La cima de El Ávila estaba cubierta por una bruma impenetrable. En el autobús, las personas luchaban con sus celulares inútiles. La discreción habitual de los viajeros, cuidadosos frente a la vigilancia de los bandoleros, desapareció con el colapso. La abstinencia tecnológica les hacía apagar los aparatos, volverlos a encender, cambiarles las baterías, soplar los contactos o golpearlos contra los asientos. La vida virtual desapareció de improviso, llevándose consigo la sensación de seguridad y esparcimiento. La desconfianza flotaba entre los pasajeros. La gente no sabía conversar sobre asuntos triviales. La cotidianidad estaba sometida a censura. La ventana era la excusa ideal para no tener que mirarse a la cara, pero el paisaje urbano también era intratable. Alrededor de los postes, sobre la mesa de los semáforos muertos, se congregaban grupos familiares. Las bolsas de basura escondían suculentos manjares. La calle olía a verduras vencidas. Apenas nos molestaba la podredumbre, porque hacía tiempo que estábamos acostumbrados a la caducidad de las cosas. La fetidez, como los ejércitos de gusanos que rebosaban las alcantarillas, era algo normal, el aroma del mundo.

Aquella mañana, tuve que dar clases en el Santo Tomás de Villanueva. Inventé una actividad en parejas, corregí exámenes. El único tema de conversación tenía que ver con la caída de Internet. Los muchachos estaban perdidos, desorientados y nerviosos, con las miradas afincadas en las pantallas, esperando el reencuentro con la vida real. En la sala de profesores, me encontré con Julia. Tenía la nariz inflamada, los mocos se le agolpaban bajo el cartílago enrojecido. Fue la primera persona que me dijo que había pasado algo grave. Me contó el argumento de una comedia de enredos: una vecina de confianza, esposa de un militar, había recibido la noticia, a condición de que no se la contara a nadie. Me pareció exagerado. No le di importancia. Los rumores y las habladurías no tenían asidero en nuestra ciudad perdida, en la que nunca pasaba nada, pero que siempre estaba a la espera del desastre. Después del mediodía, la idea del Armagedón comenzó a ganar fuerza. La televisión oficial mantuvo su programación anodina de tertulias políticas y comiquitas viejas. Desde hacía tiempo, *El Chavo del 8* se había convertido en el vocero oficial de nuestras rebeliones silentes. La sensación general era de miedo y angustia. La incertidumbre monopolizó las especulaciones. Sin alarmarme, pensé que se trataba de un atentado de Al Qaeda, un terremoto devastador o, en el peor de los casos, el desprendimiento de un iceberg en la frontera norte de Groenlandia que, dentro de cincuenta millones de años, inundaría el resto del planeta. El espacio aéreo estaba cerrado, contaban los que llegaban de La Guaira. Los vuelos a Europa habían sido cancelados. La idea del golpe de estado corrió bajo las mesas de los bares de Bello Monte, pero la tesis del Diluvio Universal parecía tener mayor credibilidad que nuestras cuitas patrioteras.

En la tarde, tenía clases en el Promesas Patrias, el viejo colegio varado en la montaña en el que había trabajado durante veinte años. La inasistencia fue abrumadora. Vinieron pocos, los de siempre: Mimi, Jeanco, Andrea. No hicimos nada (nunca hacíamos nada): ensayaron la obra, leyeron la pieza entera sin prestarle atención a las señales que anunciaban el fin del mundo, como si la posible extinción de la especie no tuviera que ver con ellos. La noche me sorprendió en la barra de Giménez, conversando con Ascanio y el chino Wong, escuchando sus teorías absurdas. Leonidas defendía la tesis del sismo inducido, implementado como táctica terrorista, y Antonio especulaba con una invasión extraterrestre, letal y devastadora. Antonio Wong había llegado a Venezuela cuando era niño, pero no había logrado ablandar el sonido de la erre; era el propietario de La Buhardilla, una popular taberna española devenida en restaurante chino. La papelería Ascanio quedaba en la avenida Miguel Ángel. Leonidas era el bachaquero más amable de Colinas de Bello Monte, especulaba sin malicia, empujado por la necesidad más que por el lucro. Vestía un suéter vinotinto, que parecía no cambiarse nunca. Los grandes pregoneros de la calle Cervantes, enconados adversarios, jugaban a diario a llevarse la contraria, enfrascados en diatribas inútiles. No me molestaba escucharlos. No quería regresar a la casa. La frialdad de Tati, la posibilidad de que me estuviera ocultando algo, era tan dolorosa como certera. Tarde o temprano tendríamos que conversar sobre nuestra derrota. Una parte de mí quería evitar ese momento, no tenía la fortaleza suficiente para escucharla decir que se había enamorado de otra persona. El cataclismo fue nuestra última posibilidad de salvarnos.

Cuando me levanté de la cama, cuando fui capaz de dar dos pasos y superar la impresión sobre lo que había ocurrido en Portugal, resultó inevitable pensar en Moreira. La almohada, endurecida por las lágrimas, sostenía la cabellera de Tatiana. La tragedia diluyó nuestras reticencias. Nos resultó imposible conciliar el sueño después de saber que el mundo, nuestro pequeño mundo, en cualquier momento podía estallar en pedazos. Más que compasión, teníamos miedo. La posibilidad real de que una bola de fuego atravesara el firmamento y se estrellara contra El Ávila nos mantuvo en vilo, con los nervios a flor de piel, burlándose de nuestro ateísmo. La ausencia absoluta de información aceleraba la angustia, porque con el colapso de las redes sociales no teníamos fuentes de confianza ni versiones alternativas ni relatos paralelos ni palabras de sosiego con las que engañarnos, con las que decirnos que habíamos sido elegidos o que, por instrucción de Dios, teníamos la tarea de construir un arca. Después del comunicado oficial, se impuso un silencio omnisciente. Los vecinos conversaban en las calles, como en las ágoras de las historias clásicas, aportando sus miedos e incertidumbres al relato incompleto del desastre. Y desde las ventanas se escuchaban los ayes desgarrados de aquellos que tenían familiares en Europa. «¡Nos vamos a morir, Fernando, nos vamos a morir!», repetía Tati con los ojos abiertos, empapados en sal. Una pulsión egoísta me hizo bendecir las circunstancias, porque hacía mucho tiempo que Tatiana no había vuelto a abrazarme de esa manera. Se durmió entre mis brazos, como cuando éramos novios y nos mudamos a la avenida Casiquiare. Le canté al oído, bajito, alguna de esas canciones horribles con las que le gustaba desperezarse.

El amanecer era una sombra pálida y cenicienta. Detrás de las nubes inamovibles, en algún lugar, se intuía la presencia del sol, pero tendría que pasar mucho tiempo para que volviéramos a verlo. Bajé a caminar. Las calles de Bello Monte estaban envueltas en una niebla densa, invadidas por un frío inusual, como si las olas del Guaire impulsaran corrientes heladas. La ciudad estaba desierta. Cerrado por duelo, anunciaba un cartel escrito en marcador sobre la fachada de la panadería La Espiga. Las bolsas de basura, apoyadas en los postes rotos, estaban intactas. La tragedia nos había quitado el hambre. Caminé hasta el Santo Tomás. Crucé la montaña, en lugar de hacer la ruta habitual a través de Las Mercedes. No hubo clases, pero un contingente de profesores y alumnos nos encontramos en el patio, sin nada que decir, abstraídos, ausentes, incapaces de asimilar la idea de nuestro radical exterminio. Los rumores crecían, construyendo tsunamis enormes que, mientras conversábamos, viajaban hacia La Guaira a través del Atlántico. Si alguien hablaba en voz alta, si algún niño chutaba un balón con estridencia o se atrevía a reírse, era castigado con miradas severas. La imagen conjunta de la familia Abreu se coló en mi memoria. Hacía más de un año que se habían mudado a Portugal, les di clases a los tres hermanos, conocía a la mamá. Huyeron del absurdo, de la escasez, de la bajeza, retomaron la nacionalidad perdida y se instalaron en el barrio del Chiado. Los vi atender a la clase, levantar la mano, correr por el patio y luego, uno por uno, quemarse o perecer aplastados. La introspección de la mañana volvió a sugerirme el nombre de Moreira.

El Centro Polo se había convertido en una rareza. La cafetería Cine Citta, que ocupaba la planta baja, era la más excelsa embajada de la sociedad pudiente. En sus pasillos, no había precios regulados ni estanterías desiertas. La oferta de productos de lujo (embutidos, quesos, vinos, cervezas artesanales) que se acaparaban en el bodegón no resentía la carestía legitimada.

La oferta gastronómica, dolarizada, levantaba suspicacias entre los vecinos, porque ningún otro comercio de la zona podía disponer de los enseres que estaban a la venta en el restaurante más popular de Bello Monte, frecuentado por la farándula local –desconocida, pero famosa–, militares enriquecidos y políticos en ascenso. El barrio viejo nunca asimiló la erección de esa mole roja y amorfa en uno de los centros comerciales más anodinos de la ciudad, pero su llegada había transformado el entorno, construyendo una burbuja de abundancia en medio de la nada. La pérdida del aislamiento tenía un precio. Durante muchos años, Bello Monte estuvo protegido por la ferocidad de la montaña, las crecidas del Guaire y las fronteras naturales de Las Mercedes y Los Chaguaramos, pero cuando inauguraron la estación del Metro y construyeron el elevado que conectaba la avenida principal con la autopista, clausuraron el paraíso. Llegaron la delincuencia, los motorizados, los colectivos armados, los controles de la Guardia Nacional y, como espacio de esparcimiento para la aristocracia revolucionaria, el bodegón Cine Citta.

El hogar de Moreira era austero. Nunca antes lo había visitado; sabía que vivía en el Centro Polo pero desconocía el piso y el número del apartamento. La Pantera ejercía varios roles en el conjunto residencial. No solo era el conserje de una de las torres, también era vigilante y bachaquero. Cuando le pregunté las referencias del viejo portugués, me las dijo con reticencia. La sala olía a alfombra mojada, a paredes filtradas. La biblioteca, desordenada e inmensa, me entretuvo durante los minutos de espera. Los libros estaban revueltos, ordenados sin criterio, ediciones raídas de Presença o Dom Quixote. Mi visita no lo sorprendió. Tuve la impresión de que me estaba esperando, de que me había reservado un lugar en la mesa rectangular, cercana a la ventana. Saludó con su habitual reverencia, con la actitud caballeresca que provocaba las burlas del chino Wong y de Ascanio. Me ofreció agua, haló una silla y me invitó a sentarme. No era un secreto para nadie que Moreira custodiaba con celo la enfermedad de su esposa, la señora Agustina. Los fines de semana era habitual tropezar con ellos en la calle, asistidos por La Pantera, aunque cada vez salían menos, condicionados por la delincuencia y los toques de queda. Moreira y Agustina eran un matrimonio viejo, sin hijos, llegado de Portugal en los años proscritos de la democracia. Cuando conocí a mi protector, hacía tiempo que su esposa estaba en un estado vegetal e irreversible. Solo habíamos hablado en La Sibila. Alguna vez nos encontramos en los pasillos del Central Madeirense o en los alrededores de la taberna de Giménez, pero nunca había tenido la iniciativa de visitarlo. La explosión de Lisboa me dio la excusa. Quería saber cómo estaba, cómo se sentía, preguntarle si tenía familia en Portugal o si podía hacer algo por él. Las incertidumbres que surgieron alrededor de la catástrofe me hicieron caer en cuenta de que no sabía nada de Moreira. A pesar de que aquel anciano singular me había entregado su confianza absoluta, nunca me había interesado por su suerte. Hablamos de Lisboa sin entrar en detalles sobre el alcance de la devastación, como si tuviéramos miedo de nombrar las cosas, de que nuestras palabras provocaran una mortandad mayor.

Moreira era un hombre alto, de cabellos grises y despeinados. Lunares redondos le manchaban la cara. Vestía de color marrón, en distintos tonos. Aunque había dejado de fumar, conservaba los hábitos del fumador empedernido. Se llevaba los dedos a los labios, como si estuviera sorbiendo cachos de memoria o conversando con el tiempo. Las primeras menciones sobre Lisboa dejaron en la mesa un doloroso silencio. No sabía qué decir, por lo que decidí dar un giro. «¡Cuántos libros, Moreira!». Mi comentario lo sacó del letargo. La sonrisa invadió su rostro. Con su tono habitual, verdulero pero sabio, citó un extraño aforismo: *Un Homero o un Milton no pueden más que un cometa que choque contra la tierra*. Se levantó, buscó un libro en la estantería, lo abrió, encontró el fragmento que acababa de recitar, leyó el original en portugués. «Todo estaba escrito, Fernando. El señor Pessoa lo sabía y por eso lo apuntó aquí, en su tratado sobre la *saudade*. ¡Ay, Lisboa! Mi querida Lisboa. ¡Qué pecado habremos cometido para merecer este infortunio! Siento pena por Lourenço y Teolinda; qué habrá sido de ellos. ¿Habrán sobrevivido, habrán sentido dolor? Qué ironía, ¿no? Huyeron de este país escapando de la muerte, pero la desgracia los persiguió hasta su nueva casa». No conocía a las personas que nombró. Los ojos de Moreira se fijaron en la puerta del fondo, cerrada. «Me complace saber que Agustina no puede entender lo que está pasando. Su conciencia, su mala conciencia, no lo soportaría —engulló una copa de vino, el tono de voz cambió—. ¿Cómo está el teatro?». Mentí. Comencé a recitar lugares comunes sobre el bienestar de nuestra empresa. «Los chicos lo necesitan, Fernando. Tienen que terminar la obra». No había pensado en eso, pero esa tarde tenía que reunirme con los muchachos en La Sibila, retomar el ensayo, preguntarles si querían seguir adelante. Las impresiones sobre lo ocurrido no me habían permitido poner los pies en el suelo. Me invadió la náusea, todo se revolvió. Por un momento, experimenté una vívida imagen de la destrucción del mundo. Los hermanos Abreu, desaparecidos en Lisboa, estallaron en pedazos. El estudiante

Marcel Hidalgo, prisionero en La Tumba, asomó la cabeza entre mis pensamientos deformes. La voz de mi tía apareció entre el barullo, conjugando un verbo irregular, entre los gritos de protesta. El estallido lejano de un tiro de escopeta desató un ataque de pánico y, perdiendo la vergüenza, sin poder controlar mis emociones, rompí a llorar sobre la mesa. No sé qué me pasó. Suelo tener un control racional de mis actos, pero en aquella conversación tranquila, me desplomé. Humillado frente a Moreira, comprendí que mi desmoronamiento no solo tenía que ver con la destrucción de Lisboa. Hacía meses que había perdido los nervios, que la angustia acompañaba mis insomnios, que cada despertar era un agobio frente a la matanza de los muchachos en la autopista, la carestía generalizada, la miseria rampante y el desamor manifiesto de Tatiana. Una parte del planeta tuvo que quemarse para caer en cuenta de que mi vida, mi diminuta vida, era el triste maquillaje de un payaso. Avergonzado por el quiebre, apelé al humor, a la burla contra mi desatino. Subrayé la ironía de que lo había visitado con la intención de consolarlo y que había sido él quien había terminado limpiándome las lágrimas. Aquella tertulia inesperada fue una confesión sacramental en la que me atreví a decir, por primera vez en cuarenta y tres años, que mi vida no tenía valor, que mi esposa había dejado de quererme, que no sabía lo que hacía en las aulas, que me aterraba constatar, día tras día, que detenían o mataban a mis estudiantes y que no podía hacer nada por ellos. Lamenté mi pasotismo, mi impotencia, mi nulidad. Me describí como una persona desahuciada a la que no le quedaba ninguna ilusión por la que vivir. Moreira escuchó con paciencia, atendiendo a mi patético flagelo. Tardé en recomponerme. Me ofreció agua. No dijo nada, solo miraba por la ventana; pensé que era un estorbo y que solo esperaba que me marchara lo más pronto posible. «Discrepo, querido Fernando. En tiempos oscuros, la bondad es un bien escaso. Yo sé que usted es una buena persona a la que, como a tantas otras, le tocó padecer demasiados infortunios. Permítame que le diga algo: cuando llegamos a Venezuela, la abundancia parecía inagotable. Este país, muchacho, tenía tanto, nos dio tanto. No fue fácil, porque nunca es fácil comenzar una nueva vida en otro lugar, pero todos aquellos que tenían la firme voluntad de salir adelante, habían encontrado el paraíso. No exagero ni miento. Quiero hacerle una propuesta, Fernando. Hágame un bien y verá usted cómo, después de complacerme, tendrá otra mirada sobre sus desdichas supuestas, entenderá mejor algunas cosas y no será tan severo con el tiempo que le tocó vivir. ¿Qué dice?». Fuera cual fuera su diligencia, no podía negarme. Acepté con un gesto de la cara, pensando que me embaucaría con algún artificio. Tardó en responder: «Déjeme contarle mi historia. Permítame narrarle las peripecias que me trajeron hasta aquí, hasta este país, hasta esta ciudad y hasta Bello Monte. Jamás subestime las correspondencias entre las vidas humanas. En ocasiones, la vida de un hombre puede decirnos muchas cosas sobre nuestra propia existencia. Pero ahora es tarde, mi buen amigo, los muchachos lo esperan. Hable con ellos, convénzalos de que deben hacer la obra y vuelva pronto. Permítame sanarlo con la remembranza de mis años y, con su amable interés, ayúdeme a soportar la *saudade* por mi patria muerta, destruida por Dios, por razones que nunca compartirá con nosotros».

La realidad clausuró los talleres de La Sibila, canceló los cursos e incendió la pequeña biblioteca. La bomba lacrimógena que, en alguna batalla perdida, destrozó la ventana del segundo piso, acabó con la colección de clásicos de la Enciclopedia Salvat, donada por Ascanio. La mayoría de los profesores emigraron, el material de apoyo fue saqueado, convertido en escombro de guarimba. No teníamos pinturas, ni tizas, ni instrumentos musicales, ni juguetes con los que sostener las actividades infantiles. El grupo de teatro sobrevivió por la necedad de los muchachos, por su negativa a dejarse quitar uno de los pocos espacios de su libertad cercada. El Centro Cultural La Sibila fue una institución civil, sin fines de lucro, que durante tres años ofreció una discreta agenda cultural a la juventud de Colinas de Bello Monte. El viejo Moreira puso el capital y estableció la sede en una casa abandonada de la avenida Chama, cerca del restaurante chino Sieng Sieng. Tras una breve entrevista, cargada de citas literarias y reflexiones en torno al devenir, el enigmático portugués impuso algunas condiciones. La inversión de Moreira solo se haría efectiva si me comprometía con él, de palabra, sin documentos jurídicos de por medio, a asumir la dirección del centro, velar por su mantenimiento y llamarlo La Sibila. La aparición de Moreira resultó oportuna, casi milagrosa. Mi idea romántica de construir un espacio de formación artística para jóvenes en Caracas había sufrido varios reveses. La Alcaldía de Baruta conocía nuestro proyecto, pero su compromiso era intermitente. Muchas veces, respaldados por una atractiva presentación de PowerPoint (ensamblada por algún exalumno, estudiante de Informática en la UCV) presentamos el plan de negocios a supuestos financistas que no paraban de bostezar durante la ponencia. Cuando Carmelo, mi socio, mi compañero de quimeras en el Instituto Pedagógico, fue asesinado en un asalto, perdí la ilusión y el entusiasmo. Lo mataron de noche, después de tomarse unas cervezas en La Buhardilla y llevar a unos amigos hasta El Rosal. El día de su funeral, en la vasta soledad del Cementerio del Este, renuncié al estúpido sueño de querer dejar un legado. Una vez más, Caracas ardía, el balance de muertos y heridos en las protestas enardecía los humores de la resistencia, por lo que la represión era cada vez más agresiva. La furgoneta que trasladó el cuerpo de Carmelo hasta el cementerio tuvo que sortear distintas alcabalas. Las guarimbas, protegidas por cerberos iracundos, no tenían compasión con aquellos que necesitaban desplazarse. La desesperación los hacía feroces e irracionales. Nadie acompañó el cuerpo de Carmelo, el personal del cementerio me ayudó a trasladar el féretro hasta el hueco. La desolación me obligó a hacer un doloroso balance, a preguntarme si valía la pena entregarle la vida a la formación de generaciones ingratas e indiferentes a nuestra suerte. Retomé las clases en los colegios, me olvidé del proyecto cultural y, cuando menos lo esperaba, Giménez me advirtió que un viejo portugués que vivía en el Centro Polo y que almorzaba los fines de semana en la taberna había tenido noticia de mis planes y quería hacerme una propuesta.

Me sorprendió el *quorum*. Teniendo en cuenta lo que estaba pasando al otro lado del mundo, frente a la trágica expectativa de la réplica, pensé que suspenderíamos el ensayo, pero vinieron todos. Los muchachos estaban sentados en círculo, hablando en voz baja, sin el escándalo habitual de sus reuniones vespertinas. Mi aparición los silenció. Me miraron como esperando que les dijera algo importante, como si tuviera la solución a los enigmas irresolubles del universo, como si mis palabras fueran capaces de aplacar sus incertidumbres o convencerlos de que todo saldría bien y que lo que había pasado en Lisboa no nos afectaría. No sabían que mi vida interior era un desastre y que la inseguridad apenas me permitía disimular el hundimiento. «Buenas tardes». Me senté sobre el muro, en el patio. El pequeño Jacobo dibujaba en su cuaderno, parecía colorear un incendio. Los miembros del grupo de teatro eran estudiantes de los últimos cursos de bachillerato de varios colegios del municipio, de noveno grado en adelante, pero Jacobo estaba en séptimo. No me gustaba trabajar con chicos tan pequeños. Cuando los aceptábamos, solían abandonar el taller a la segunda semana, aburridos y desmotivados, pero la determinación de Jacobo por convertirse en artista lo hizo ser un miembro honorario del equipo. El día de la entrevista me dijo que era el mejor actor de Venezuela y que si lo dejábamos ir, lamentaríamos nuestra ceguera. Comenzó con papeles pequeños, ayudando a instalar escenografías artesanales; poco a poco, se fue ganando un sitio, y su versatilidad, su talento, le brindó nuevas responsabilidades. Era diminuto, tenía la voz aguda e infantil, pero desbordaba energía. Le gustaba rapear, hacer sonidos de percusión con la boca y componer canciones de protesta versificadas con adjetivos escatológicos. Durante las marchas, se disfrazaba de superhéroe, parecía un mosquito anofeles, con una camisa blanca cubriéndole la cara, un escudo de lata en el pecho con el logo de Deadpool y una bandera descolorida amarrada en la cintura. No le tenía miedo a nada. Tomaba las bombas lacrimógenas con la mano (ardientes, pesadas) y las devolvía contra las tanquetas, incitando a los conductores a que se lo llevaran por delante. En *Ricardo III*, el último montaje que hicimos antes del cierre, interpretaba varios papeles, pero su favorito era el del asesino de Clarence. Eché de menos a Marcel. Sabía que todos echaban de menos a Marcel; su familia seguía sin tener noticias sobre su estado de salud. No les dejaban verlo. Antes del apagón tecnológico, corrió el rumor de que lo tenían retenido en La Tumba, sometido a torturas alucinatorias. Marcel eligió la pieza de Shakespeare. Una semana antes de que lo capturaran, convenció al grupo de que nuestro siguiente montaje tenía que ser *Ricardo III*. Me gustaba dejarlos elegir, presentarles alternativas dramatúrgicas, argumentos genéricos, pero dejar que fueran ellos los que decidieran lo que querían hacer.

«Nada de vanguardias —había dicho Moreira en su contrato verbal, inspirado en el ejemplo de un hombre llamado Romeo—. Antes que quemar escenarios, darle la espalda al auditorio, hacer sus necesidades en público u ostentar irreverencias sin gracia, necesitan conocer a los clásicos. Si siguen en esto, ya tendrán tiempo para jugar con el espacio y convertir las estridencias en arte». El primer año hicimos *Sueño de una noche de verano*, pero las últimas promociones (la de Marcel, la de Mimi, la de Jeanco) habían mostrado más interés por el teatro político, por la metáfora tácita, por la denuncia disfrazada de puesta en escena. Comenzamos haciendo *Madre coraje y sus hijos* y, al año siguiente, *Un enemigo del pueblo*, con un Marcel soberbio en el papel del doctor Stockmann. A pesar de mis años como docente, de mi experiencia en las aulas con centenares de estudiantes, me cuesta explicar el fenómeno del liderazgo. Me llama la atención cómo algunos muchachos, de manera espontánea, seducen por completo la voluntad de sus compañeros y los arrastran a donde quieran llevarlos. Marcel tenía esa mística, ese carisma. No era un gran actor, su estilo era afectado e imitativo, pero disfrutaba lo que hacía. El proyecto de La Sibila nunca fue formar profesionales del teatro. La educación actoral era una empresa para la que no estaba capacitado. Mi única intención era orientarlos, distraerlos, mantenerlos alejados de la calle, despertarles una pasión o un interés por algo que no fuera la guerra. Hacíamos dos montajes al año, el primero en abril, antes de Semana Santa, y el último a final del curso, después de los exámenes de lapso. A un precio irrisorio, vendíamos las entradas en los colegios aledaños, dejábamos folletos (dibujados por Jacobo) en las barras de La Buhardilla, Giménez o el Sieng Sieng. No ganábamos nada, apenas lo esencial para el mantenimiento del centro, pero nos quedábamos con una satisfacción inmensa, y los vecinos de Bello Monte agradecían ver a los chicos ocupados con un divertimento sano e inofensivo, sin el temor latente, al menos durante una hora y media, de que una ráfaga de metralla les quitara la vida o de que los golpearan y se los llevaran al Helicoide. Cuando capturaron a Marcel decidimos seguir adelante con la obra, se lo debíamos, argumentó el grupo; el problema logístico era que habíamos perdido al protagonista. Cuando Mimi dijo que ella asumiría el personaje de Ricardo, me gustó la idea. No tenía noticia, dentro de mis limitados conocimientos de historia literaria, de que el villano shakesperiano hubiera sido interpretado por una mujer. Mimi era una muchacha inagotable, estudiaba quinto año de Humanidades en el Promesas Patrias. Día tras día, era custodiada por Román, su novio inexpresivo. Tenía el cabello ensortijado, de color marrón, con una marca de humedad permanente. Aunque era delgada, tenía tendencia a engordar, lo que le provocaba algunos complejos. En ausencia de Marcel, Mimi se erigió como la vocera del equipo. Los muchachos estaban devastados con los sucesos de Lisboa, tenían miedo de que algo parecido ocurriera en Caracas, necesitaban un Virgilio que los ayudara a atravesar el infierno, pero yo no era poeta ni había escrito cantos épicos. «Profe, ¿se va a acabar el mundo?», preguntó tranquila, con una sonrisa en la cara. «No lo sé, Mimi». Alcé los hombros. «*Cool*», respondió Jeanco levantándose y golpeándose la barriga con las manos, como si fuera un tambor. No me quitaban los ojos de encima, esperando las palabras que lograran sanarlos. Esteban y José Luis, enredados el uno sobre el otro, me miraban desde un pupitre roto. Andrea me retaba con su pupila fría, tímida y andrógina. El vuelo de la plaga rompía el silencio omnisciente. Los bombillos de ahorro energético les daban a nuestros rostros una palidez cadavérica, como si en lugar de un taller de arte dramático fuéramos un grupo de marionetas.

Esteban y José Luis eran pareja. Su romance fue un escándalo, un episodio viral que estuvo a punto de costarles el cupo en el colegio Santo Tomás de Villanueva. El falso rumor de que un profesor de secundaria había encontrado a dos estudiantes haciendo el amor en un baño se convirtió en el tema de conversación más morboso de los recreos. Además, había un video. Nunca lo vi, pero los detalles del acoplamiento eran comentados con sorna y mala fe en todos los estamentos escolares. José Luis Álvarez, a juicio de las niñas, era el muchacho más hermoso del municipio Baruta, por lo que su preferencia sexual era entendida como un desperdicio. El paradigma de la hombría también era ofendido por su amaneramiento. El famoso video en el que, por lo que me contó Julia, solo se veían unas siluetas abrazadas, fue motivo de reuniones extraordinarias y debates pedagógicos. Mientras el país se caía a pedazos, mientras la ciudad era un campo de minas, el colegio discutía con fervor cuál sería la mejor manera con la que sancionar a los culpables. Los jóvenes amantes se convirtieron en el blanco de las frustraciones colectivas, en la diana sobre la que descargar la impotencia y el dolor por el hambre. Y los representantes más ortodoxos profesaron su indignación ante lo inaceptable, les hicieron la vida imposible, los humillaron hasta el agotamiento, los señalaban a diario, convirtiendo sus fotos de perfil en satíricos memes. La Sibila los mantuvo a salvo. Marcel, expulsado del Santo Tomás años atrás, los protegió con vehemencia. Mimi y Jean Carlo les ofrecieron una amistad honesta e imparcial. En el grupo de teatro, su noviazgo no molestaba a nadie, ganaron confianza, demostraron sus aptitudes y talentos. Meses más tarde, el asunto se olvidó. Los problemas cotidianos, el advenimiento de la guerra, pasaron por alto el riguroso expediente sobre los muchachos enamorados.

«No existe una explicación para lo que ocurrió». Encontré el hilo, me sentí capaz de sostener un argumento. Nunca he podido comprender la lucidez y la capacidad expresiva que encuentro dentro de las aulas. Soy una persona torpe, errática, a veces gaga. Tengo un vocabulario imperfecto, cargado de muletillas. No creo ser muy inteligente, pero cuando me erijo delante de los jóvenes, cuando ejerzo el papel de moderador de contenidos, me transformo en un orador solvente, casi en un erudito. Lo que no sé, lo invento, con la rareza de que, horas más tarde, cuando voy a los libros a confirmar mis intuiciones, caigo en cuenta de que aquellas afirmaciones hechas al azar eran ciertas. Fuera del salón de clases, entre la gente de mi edad, de cara a las inclemencias del verdadero mundo, no tengo mucho que decir, pero puertas adentro, soy un profesor virtuoso. Lo digo sin modestia. Me gusta mi trabajo y siento que lo hago bien. El ejemplo de mi tía Rosaura se me quedó grabado en el cuerpo: el tono de voz, la pausa, la cadencia, hasta los movimientos de las manos con que acompañar cada lección, como si el ejercicio de la docencia, más que un saber, fuera una elegante coreografía. «¿Joaquín estaba en Lisboa?», preguntó José Luis, refiriéndose al hermano menor de los Abreu, con el que había estudiado hasta tercer año, uno de sus más incisivos acosadores. Todos conocíamos la respuesta, él también, solo la hizo en voz alta para tratar de asimilarla. Entonces, les hablé del miedo, del temor a lo desconocido, de la fragilidad de las vidas humanas. Mis palabras normales se convirtieron en aforismos. Los invité a hacer preguntas, las que quisieran. El pequeño Jacobo, con su habitual virulencia, condenó la voluntad de Dios. Esteban contrarrestó su despotrique. «¿Por qué Portugal? ¿No hubiera sido mejor que, en lugar de acabar con Europa, ese meteorito se hubiera estrellado contra esta mierda?». «Debemos dar gracias a Dios», insistió Esteban. Mimi, enfurecida, refutó su ingenuidad, su fe baldía, su estúpida creencia; se caldearon los ánimos. Los dejé discutir, enfrentarse, maltratar el español. La mayor parte de mis alumnos carecía de vocabulario. Su comunicación subsistía entre interjecciones lerdas, apocopados y groserías. No les hacía falta nada más, con cuatro o cinco palabras tenían el control absoluto del idioma. En las salas de profesores, mis colegas denunciaban con horror afectado la matanza cotidiana de la lengua; afirmaban indignados que las nuevas generaciones estaban embrutecidas por la tecnología, como si ellos estuvieran a salvo. No puedo exigirles a los chicos aquello que no les hemos dado. No puedo pedirles que sean capaces de analizar sintácticamente oraciones que no les dicen nada, cuando desconocen el sentido del lenguaje. No puedo juzgar a los que deciden desertar, a los que abandonan el colegio porque lo consideran una pérdida de tiempo, pero sí puedo reconocer el valor de aquellos que, a pesar de tenerlo todo en contra, se interesan por el teatro, el cine o por los talleres poesía (cerrados desde hace más de dos meses porque, en una concentración en Chacaíto, el SEBIN capturó al profesor, acusándolo de incitación a la violencia). Mi última pregunta los obligó a firmar un armisticio. Jean Carlo fue el primero en tomar la palabra. «Sigamos adelante —dijo tranquilo—. Hagamos la obra, qué carajo. Si se va a acabar el maldito mundo, que nos agarre ahí», señaló el escenario. Los chamos confiaban en mí porque no los trataba con condescendencia. Nunca los vi como idiotas. No criticaba con rigor la pobreza de su léxico, les dejaba decir groserías, porque sabía que solo así sabían expresarse. A lo largo de los años, veinte promociones de estudiantes me contaron historias desconcertantes e inverosímiles, y creo que lo hicieron porque se sentían cómodos, porque, a diferencia de muchos de mis colegas, sabían que no iba a censurarlos ni a explicarles con pedantería cómo se ha de vivir.

Esteban había sacado las copias, invitó a sus compañeros

a ensayar la escena de los espectros. Faltaba un mes para el estreno, había mucho trabajo por hacer. Cada año era igual, las semanas previas a las representaciones todo sugería que no lo lograríamos, que sería imposible llegar a tiempo, pero al final, lográbamos sacar adelante los montajes, con sus defectos, sin presupuesto, con utilería casera, con linternas sin batería para producir efectos artesanales, pero con la honestidad del que cree en la excelencia de su esfuerzo. Después de los ensayos, cerrábamos la reja. Bajábamos juntos, era peligroso salir solos, sobre todo para las chicas. El gordo Jeanco vivía en mi edificio, en un recodo de la avenida Casiquiare. Acompañábamos a los demás a sus casas y luego nos íbamos conversando sobre cine, su afición predilecta. El regreso desbordó mi serenidad. La paz que había encontrado en La Sibila sufrió un sacudimiento cuando caí en cuenta de que debía volver a encontrarme con Tatiana. La imagen hostil de mi esposa, la mujer agresiva que parecía tener ganas de matarme, ofrecía un contraste radical con la muchacha enamorada de antaño. No podía imaginar el hecho de perderla, pero sospechaba que la salvación de nuestro matrimonio era una quimera. Por más que intento identificar el momento en el que nos alejamos, en el que nuestra cercanía se deshizo, no encuentro un punto concreto. Tengo la impresión de que ocurrió durante las protestas; en particular, aquella en la que muchas personas, perseguidas por las huestes de la Guardia, tuvieron que atravesar a nado las aguas del río Guaire. Mi agorafobia (el estallido de la escopeta en el tímpano) me obligó a permanecer en Bello Monte, en los alrededores del Central Madeirense, pero Tati caminó hasta la autopista con Yolanda y otras compañeras de la óptica. La represión fue desproporcionada. La noche siguiente, tras una jornada de angustia, la encontré en el hospital Domingo Luciani. Tenía una infección en los ojos: la córnea y la retina se le habían coloreado de ocre. Los antibióticos estaban descatalogados. Una vez más, habíamos perdido la batalla. La tiranía había logrado sostenerse, lo que contribuyó a desmoralizarnos. No sé si ocurrió en ese momento, no tengo la certeza, pero creo que Tatiana pereció aquella tarde, asfixiada por excrementos, con los pulmones inundados de mierda. En mi casa, en mi cama, apareció una autómata, un monigote frígido y hostil que no volvió a mirarme de la misma manera. Acompañé a Jeanco, saludé a su mamá. La señora Hernández lo besó en la cabeza, como si fuera un niño pequeño, me brindó una limonada, me contó los rumores apocalípticos que había escuchado en la cola de los cajeros colapsados y me agradeció por hacerle compañía al Gordo, por darle esperanza en medio de la nada. Abrí la puerta, Tati estaba planchando una camisa. El efecto romántico que había producido la tragedia se había disipado con las horas. Mi compañía volvía a ser un lastre. No me miró al entrar. Me acerqué, la besé en la mejilla, en el cachete frío. «¿Cómo te fue?». Me insultó con la mirada. «No me fue. No hay luz en el centro comercial, no pudimos abrir. ¿Tú?», agregó por cortesía, por decir algo, por mantener el juego de estrategia del matrimonio sano. «Bien —me senté en el sofá, me quité los zapatos—. Los muchachos decidieron seguir adelante con la obra». No pude evitar sonreír, sentirme a gusto con el entusiasmo del grupo, en medio de tanto desasosiego. Comenzó a toser. Apagó la plancha, negó con el rostro. Me miró con un profundo desprecio: «¡Qué bolas, Fernando! El mundo se está acabando y a ti lo único que te interesa es que tus carajitos van a montar una puta obra». Se encerró en el baño, no salió hasta la medianoche. Se durmió dándome la espalda.

III. *Allegro*

El resto de América fue más vulnerable que nosotros a la destrucción de Portugal. Sabíamos vivir entre ruinas, sin que eso supusiera un inconveniente. La carestía era una tradición arraigada en el gentilicio. El miedo al porvenir o la alta probabilidad de ser asesinado durante la noche eran costumbres inalterables, convertidas en leyes universales. El desabastecimiento de los automercados no nos impresionó. Teníamos la experiencia del vacío. Las crisis de las economías vecinas eran una etapa superada, una plaga inofensiva a la que habíamos sobrevivido sin vacunas ni traumas. En Venezuela, después de Lisboa, solo cambiaron dos cosas: la desconexión definitiva del mundo (el control absoluto de Internet por parte del SEBIN) y la desaparición del sol tras el bloque de nubes metálicas que se apoderó del Caribe. Los trastornos de ansiedad colectiva ocurrieron las primeras semanas. La pérdida de las redes sociales tuvo el impacto de un genocidio. El ocio, más que los informes sobre la hecatombe, motivó depresiones en masa. El tiempo libre era una afrenta, una amenaza contra la paz interior de unos espíritus rotos para los que Facebook, Instagram y Twitter eran la mascarada perfecta y que no sabían orientarse sin las lecciones de vida de los más populares *influencers*. Mi anacronismo tecnológico me mantuvo a salvo. Mi única aplicación conocida era WhatsApp, y la tenía solo porque, alguna vez, Tatiana se empeñó en instalarla. La amputación virtual fue notoria y alarmante, sobre todo en los jóvenes. Sin teléfono, eran autistas, zombis, enfermos terminales. La posibilidad de que nunca pudiéramos volver a conectarnos a la web parecía más alarmante que la desaparición del sol, que se comentaba como una incidencia sin importancia.

La ausencia de información provocaba las más absurdas especulaciones. Para todos aquellos que tenían familiares en Europa, la incertidumbre fue devastadora. El canal del estado, pasados los días de duelo diplomático, comenzó a defender rebuscadas teorías conspiratorias. Las pruebas eran contundentes: la planta noble de la Embajada Americana en Lisboa había sido removida de improviso dos días antes del trauma. El presidente de Portugal no estaba en el Palacio de São Bento. Esa mañana se había trasladado con su familia a Suecia, alegando la asistencia a un insignificante foro sobre ecología. Los grandes villanos, a juicio de la versión oficial, eran la Unión Europea, los Estados Unidos y la NASA, quienes, a pesar de contar con los datos científicos necesarios para anticipar el impacto, acordaron callar y ofrecer a la vieja Lisboa en sacrificio. La acción natural (o divina) fue interpretada por la *intelligentsia* revolucionaria como un acto de sabotaje, como una estrategia desesperada del capitalismo enfermo por explotar nuevos mercados, valiéndose de un cataclismo. La información real, la que algunos periodistas lograban obtener por canales clandestinos, era mucho más visceral. La devastación fue absoluta. Lisboa era un cráter. Gran parte de la península ibérica sufría los efectos de la cortina de fuego. Día tras día ocurrían terremotos y tormentas de escombros. Las inundaciones habían asolado las costas de Galicia y Aquitania. El calor abrasó toda forma de vida, convirtiendo los prados en desiertos, transformando el verde en cobalto y las cadenas montañosas en escarpados avernos. Las frecuencias de radios extranjeras, como en los tiempos de las guerras mundiales, eran la mejor estrategia que teníamos para saber lo que estaba pasando, antes que repetir, al pie de la letra, como muchos transeúntes aletargados, la tesis de que el asteroide que asoló Portugal había sido diseñado en los sótanos del Pentágono.

Ricardo III fue uno de los mejores montajes que hicimos en La Sibila. La representación fue austera, sin el aparataje escenográfico del original, inconcebible para nuestro presupuesto. Jacobo y Andrea interpretaban a varios personajes, interlocutores o víctimas del tirano. Mimi estuvo inmensa. Los efectos de luces, provocados con linternas y focos rupestres, otorgaban a su joroba de gomaespuma un aspecto siniestro. Tenía dicción, confianza, conciencia de la dimensión ética del personaje y la correspondencia de su discurso con nuestra realidad degenerada. El público temblaba cada vez que entraba en escena. No hubo repiques inoportunos ni luces fluorescentes en las primeras filas. El relato del hombre soberbio e implacable que, con viles artificios, se apropió el trono de Inglaterra fue un golpe de efecto para el auditorio pasivo, desmoralizado tras las continuas derrotas en la autopista Francisco Fajardo. Marcel tenía razón, la elección de la obra fue un acierto. El año anterior, inspirados por el montaje del grupo teatral Skena, hicimos *Un enemigo del pueblo*, pero a pesar de que el texto le hacía guiños constantes a nuestro cautiverio, no habíamos logrado una conexión tan íntima con los espectadores. La actuación de Mimi tuvo mucho que ver con esa empatía. Un Ricardo interpretado por Marcel no hubiera tenido el mismo fondo. Tati no asistió al estreno, me quedé esperándola en la puerta, me perdí el comienzo, pero confiaba en la capacidad del equipo para levantar el primer acto sin la necesidad de un guía. Todos estuvieron a la altura. Jacobo, vestido de soldado medieval, feudal ególatra o mensajero de malas nuevas, aligeraba el dramatismo. La comicidad era su fuerte, su mera presencia tenía el efecto de un chiste. Andrea maquilló su tatuaje. Las maldiciones de la reina Margarita rompían la cuarta pared e intimidaban a los observadores impasibles. La conocía desde octavo grado. La timidez era un karma, su falta de confianza era de tal envergadura que, en los recreos, no se atrevía a ir a la cantina por el temor de que no escucharan su voz, de que pasara desapercibida e hiciera el ridículo. El teatro, sin embargo, alejaba sus inseguridades. Cuando estaba sobre las tablas, rompía el hielo contra sí misma. *«¡Qué el gusano de la conciencia devore tu alma!»*, declamó frente a Mimi. «¡Joder!», gritó Giménez en la segunda fila, balbuceando algo al oído del chino Wong. *«¡Ningún sueño cierre tus ojos mortales, si no es mientras alguna pesadilla te espante con un infierno de demonios!»*. Esteban y José Luis también hicieron su parte, construyendo asesinos en conflicto que sometían a juicio su irreflexiva tarea de victimarios. Y luego, para reforzar nuestra diminuta cuota de orgullo, entraba en escena el gordo Jeanco, mi pequeño Orson Welles, como acostumbraba llamarlo. Mis chamos eran buenos actores, pero Jean Carlo era el mejor. Declamaba sin fisuras, haciendo de cada palabra una expresión espontánea, realista, viva. La escena final resultó estremecedora. El juego de luces propuesto por

Román funcionó a la perfección, la escenografía minimalista (minimalismo forzoso, más que estético) hacía más patética la caída del déspota. Mimi se desplomó sobre el escenario, alzó los brazos al cielo. «*La batalla está perdida* —y antes de desfallecer, con la voz quebrada y la mirada vidriosa—, *¡un caballo, un caballo! ¡Mi reino por un caballo!*». El público aplaudió de pie. Incluso el inexpresivo Giménez, con el tabaco apagado en la boca, gritó un iracundo «bravo». Después de la ovación, me invitaron a subir al escenario, me quedé varado entre Andrea y Jacobo, con una satisfacción inmensa por haber sido parte de algo bueno, en medio de tanta ruindad, buscando la mirada de Tati en los primeros asientos. Mimi se quitó la joroba, le hizo una seña al Gordo. Jeanco se perdió tras la cortina, regresó con una pancarta, la estiraron entre todos: «libertad para Marcel». La euforia creció, pero el resquemor de unos rostros en la tercera fila no pasó desapercibido. Los parlamentos críticos de la obra llamaron la atención de los censores anónimos, diluidos entre la masa. Nos habíamos acostumbrado a vivir entre patriotas cooperantes, aquellas personas que, a pesar de haber compartido sin sabores y penurias a lo largo de los años, delataban ante las autoridades cualquier amago de inconformismo. No tenían uniforme ni parecían ser viles, pero bastaba el menor indicio de rebelión para que acusaran a cualquiera de actividades ilícitas (acaparamiento de productos básicos, venta de dólares, bachaqueo, planes de magnicidio). Muchos de ellos eran nuestros amigos. No creo que actuaran de mala fe, eran hombres y mujeres desesperados que, a cambio de un tratamiento en el Hospital Militar o una bolsa CLAP, prescindían de su dignidad negociable. Sospeché las consecuencias del montaje, no era la primera vez que ocurría. El año anterior, después de *Un enemigo del Pueblo*, recibimos una notificación del Ministerio del Poder Popular para la Educación y la Cultura en la que expresaban su preocupación por la salud mental de los jóvenes al ser expuestos a propaganda contrarrevolucionaria. La retórica del escrito era rimbombante y rebuscada. Nos amenazaron con la aplicación de la LOPNA y de la Ley del Odio. Advertían a La Sibila que serían vigilantes acérrimos de nuestro comportamiento y recomendaban apartar de nuestros cursos cualquier tipo de literatura que pudiera vulnerar la dignidad de Venezuela. El mismo episodio me había ocurrido en el colegio, con el gordo Jeanco como protagonista, pero siempre imaginé que aquellas acusaciones no tendrían efectos reales, que se trataba de burdas intimidaciones o agresiones ostentosas de funcionarios resentidos. Nunca pensé que cumplirían su palabra, su mediocre palabra, y que se atreverían a cerrarnos, bajo amenaza de multa, prisión o muerte.

El enfrentamiento más álgido con el poder, el más extraño,

ocurrió el año anterior en el Promesas Patrias, cuando el grupo de cuarto año hizo la representación de la *Divina Comedia*. La escena circense, absurda, tuvo lugar en la oficina del profesor Monagas. Cuando entré a la Dirección del colegio, me encontré con una representante del Ministerio de Educación y un funcionario del SEBIN. Sin saludos ni rodeos me pidieron que les contara mi versión de los hechos, pero la verdad es que no había ocurrido nada. No sabía a qué podían referirse. No tenía claro cuál era el delito que se había cometido en las aulas, a pesar de que dijeron que contaban con testigos sólidos e información veraz. Afirmaron que, bajo mi custodia, se había violado no sé qué Ley de Responsabilidad Social, vulnerando la memoria del Comandante Eterno y la dignidad de la patria. No sentí temor, la acusación no tenía sentido. Supuse que aquel episodio irreverente solo quedaría como una anécdota, pero un escalofrío me recorrió el cuerpo cuando la funcionaria sacó una libreta y leyó los nombres completos de Andrea Echenausi y Jean Carlo Hernández.

Mi pedagogía se fundaba en la creatividad, me gustaba que los chamos inventaran cosas, que tomaran los contenidos del programa, la información elemental, y los transformaran en otra cosa. No solo se divertían, sino que también se les quedaba algo, una pequeña sombra del saber, una pincelada de conocimiento, porque a diferencia de muchos de mis colegas, licenciados en Ciencias Pedagógicas, sabía que el bachillerato no era más que una somera introducción al mundo. No podían aprenderlo todo, como aspiraban los pénsums, solo necesitaban descubrir lo que les llamaba la atención, modelar sus gustos, para que más adelante empeñaran su voluntad en lo que quisieran hacer. La gente común suele menospreciar la responsabilidad de los docentes. Día tras día, tengo el deber de estimular y conservar la motivación de un grupo de jóvenes que no tienen ningún tipo de interés por la vida, porque el mundo que los rodea no tiene nada que ofrecerles. Tengo que mirarlos a la cara y tratar de convencerlos de que hay cosas por las que vale la pena luchar, aunque yo mismo haya dejado de creer. Todos mis exalumnos recordarán, con más o menos detalle, mis rebuscados ejercicios prácticos: la revista del Barroco, hecha con cartulinas y recortes, el blog del Quijote, la maqueta de la guerra de Troya o los *teasers* sobre la Generación del 28. El último año, en el curso de séptimo, por iniciativa de Jacobo, hicimos un torneo lírico en el que los poemas de García Lorca eran interpretados a ritmo de bachata. Cuando estudiamos la *Divina Comedia*, me inventé la estrategia de la representación dramatúrgica. Los chicos trabajaban en parejas. Tenían que seleccionar una escena del libro e interpretarla frente a sus compañeros. Durante seis o siete años había hecho esa actividad sin que supusiera un inconveniente. La mayoría seleccionaba algún canto del infierno, caletreaba un parlamento y hacía un ejercicio deficiente con el que cumplir el requisito. Nunca elegían el cielo, no les gustaba. Otros estudiantes ponían todo su empeño en la forma, en los vestuarios raídos y ominosos, en escenografías de anime pintado de rojo con el que pretendían convertir el aula en un círculo siniestro, pero las representaciones eran nefastas. Se reían, no comprendían el fondo y, sin descubrir la esencia del texto, regresaban a sus pupitres satisfechos porque habían obtenido una calificación suficiente. Andrea y Jean Carlo siempre trabajaban juntos. Los amigos comunes decían que el Gordo estaba enamorado de ella desde el preescolar, pero que nunca se había atrevido a confesarlo; disfrazaba su fascinación de amistad incondicional. Andrea confiaba en él, me atrevería a decir que era su único amigo, una de las pocas personas que lograba romper el cerco de su timidez absoluta. Faltaban veinte minutos para el fin de la clase, tuvieron el último turno. Jean Carlo se puso un albornoz marrón y una bufanda de colores chillones alrededor del cuello. Andrea tenía un mono blanco, el cabello recogido, el tatuaje de la lagartija en el cuello le daba el aspecto de un ángel caído, aficionado al rock. Desde que se paró en frente del salón, supe que sería una actividad especial, que, a diferencia de los otros grupos, ellos habían leído el libro y tenían algo que decir. Juntó las manos, habló con los ojos cerrados. «Ahora, joven aprendiz, iniciaremos el recorrido por un círculo anexo, de cuyo testimonio no queda registro en ninguna versión de la *Comedia*». Imitaban la retórica latina, jugaban con el vocabulario culto, se divertían con el lenguaje. «Acompáñame a recorrer este territorio inhóspito al que algún espontáneo llamó Pequeña Venecia». Carcajadas nerviosas en la clase. Captaron la atención del grupo. Jean Carlo entró al salón envuelto en su manta sucia, mirando a los lados con aprehensión. Andrea caminaba delante de él, iban haciendo círculos, con pasos lentos, a ritmo de marcha. La guía se detuvo de repente, el Gordo la abrazó desesperado. Señaló la pared. «Querido Maestro, tú que me custodias con tanto celo, dime, por favor, ¿quiénes son aquellas personas enterradas en fango, con llagas en el cuerpo, hundidas en ese río de excremento que, a pesar de estar cubiertas de miel y ser asediadas por avispas venenosas, parecen disfrutar de su martirio? ¿Por qué se ríen? ¿Acaso las picadas les hacen cosquillas? ¿Les gusta oler a mierda?». Andrea levantó el brazo derecho, lo obligó a desviar la mirada hacia el centro del aula. «Estos degenerados sufren, pero no lo saben; están condenados a padecer el dolor eterno sin darse cuenta, convencidos de que la amargura es goce y la desdicha placer. Mira sus ojos. Mientras continúen bajo el hechizo de la bestia, no caerán en cuenta de sus padecimientos, solo cuando se apague la voz del más estúpido, necio y despreciable de todos los hombres que habitan en el mundo real, sentirán el ardor de las llagas; el veneno de las avispas les paralizará el hígado y la fetidez los hará vomitarse los unos sobre los otros». «Todos estos idiotas observan aquella figura gigante que está al fondo, me acercaré para verla mejor». Jean Carlo caminó hasta el medio del salón, hizo muecas de ira, de duda, de rabia contenida. Sus compañeros no aguantaban la risa. «¡Querido maestro!, ¿acaso aquella bola de mierda, con esa verruga de pus en la frente, que no para de hablarle a las paredes, es quien creo que es? —Jeanco cerró los puños, frunció el entrecejo—. ¡Sujétame, maestro! Mi corazón no puede soportar el impulso de querer subir las piedras y darle una partida de coñazos al alma de ese maldito». Risas. «Ten paciencia, joven imprudente. Cuando las cosas cambien en el mundo, ese espíritu putrefacto tendrá el mayor de los castigos, por ahora solo se alimenta de la voluntad de los desdichados, de esos miserables hundidos en el pozo de la tristeza que lo siguen sin pensar; habla sin hablar, enamorado de sí mismo, convencido de la efectividad de sus conjuros, pero no se ha dado cuenta de que en este lugar existen otras reglas. El Demonio se divierte engañándolo, haciéndole creer que puede seguir haciendo lo que quiere, pero lo único que hace es engordarlo e hincharlo, convencerlo de que el inframundo le pertenece, para luego devorarlo con mayor goce. Cuando todo lo que hizo en vida se deshaga, cuando las heces fecales que dejó a cargo de su ciudad terminen de disolverse, cuando la Historia convierta a sus mercenarios en perros pusilánimes, entonces, comenzará su verdadero suplicio. Los débiles que lo veneran dejarán de reírse y, además de sentir el ardor de las picadas en sus cuerpos, se darán cuenta de que tienen hambre. La bestia será engullida por sus hijos. Como bachacos de culo rojo, saltarán sobre él y lo infectarán con sus mordiscos y rasguños, para luego vomitarlo y volvérselo a comer». «Querido Maestro, ¿puedo arrancarle la verruga y llevármela para mi casa? Me gustará escupirla a diario y orinar sobre ella o llevarla a la Plaza Altamira para dejarla a merced de un ejército de amas de casa». «Tu acción es noble, querido aprendiz, pero te garantizo que no podrás convivir con la pestilencia. Lo mejor es seguir adelante, pasar por alto este infortunado tropiezo y no gastar las emociones en aquello que no vale la pena. Deja las cosas en manos de Dios y la Justicia, que se tomarán su tiempo, pero llegarán. Aquí arderán unos cuantos infelices que se creen intocables y, te lo garantizo, frente a la furia del

Maligno, del verdadero Maligno, de nada les servirá su arrogancia, ni sus fusiles ni sus bombas lacrimógenas caducadas». Mimi se puso de pie para aplaudirlos, aunque algunos estudiantes permanecieron en silencio. No era un secreto para nadie que debíamos convivir con hijos de ministros o militares en ascenso. Cuando Andrea y Jean Carlo hicieron aquel inofensivo *performance* no se me ocurrió que pudiera tener alguna consecuencia, pero algunas personas se sintieron ofendidas. El funcionario del SEBIN se quitó los lentes oscuros, me pareció reconocerlo. Había un rasgo familiar en sus ojos muertos, una sombra vaga y distante que, hacía tiempo, había perdido de vista.

Existe un Bello Monte viejo, del otro lado del Guaire, colindante con el boulevard de Sabana Grande. En sentido estricto, la urbanización es la misma, pero el río establece diferencias abisales entre los habitantes. Las Nalgas de Rómulo (o puente de Los Gemelos) delimitan una frontera, un cruce peligroso. Todo lo que queda en los alrededores de El Recreo se considera ajeno para los habitantes de las Colinas. El Instituto Atenas quedaba del otro lado, cerca de la avenida Casanova. Alguna vez, hacía más de diez años, trabajé ahí; comencé haciendo unas suplencias y terminé quedándome un par de años, hasta que mi situación se estabilizó entre el Santo Tomás, el Promesas y algunas horas en el Fray Luis de León. Las diferencias de clase entre los dos contextos bellomontanos eran tan incómodas como notorias. Los estudiantes del Atenas eran mucho más agresivos, desinteresados a conciencia. El ejercicio de ganar su atención e invitarlos a abandonar su apatía era más exigente. Los docentes éramos enemigos por naturaleza, no había negociación ni acercamiento posible. Alexander Soria, el funcionario del SEBIN que, años más tarde, me abordó con frialdad en la oficina del profesor Monagas, había sido uno de mis primeros alumnos. Tenía el aspecto de un anciano, parecía mayor que yo. Su aspecto adulto no tenía nada que ver con el del joven enfermizo y solitario del Atenas. Alexander abandonó el colegio en noveno grado. No soportó la presión. La semana anterior a su partida, le habían dado una paliza. Meses después, supe que se había alistado en el Ejército. Cuando lo llamé por su nombre se sorprendió, no contaba con mi buena memoria. Le hablé de los tiempos del instituto. Forzó una sonrisa, pero parecía disgustado por que hubiera traído a colación aquellos tiempos infaustos. Los rumores viejos se agolparon en mi memoria, los chistes internos, la malicia juvenil, demoledora e implacable. Recordé que le decían Prepucio; sus compañeros se burlaban de él porque en las clases de Educación Física descubrieron, mientras se cambiaban, que tenía un órgano sexual diminuto.

La evocación fue interrumpida por la funcionaria. Me pidió que le relatara lo que había ocurrido con los estudiantes Hernández y Echenausi. Alexander, con expresión severa, me incitó a decir la verdad y nada más que la verdad. La mujer sostenía la libreta en la mano, anotaba todo lo que decía. Cuando dije que estábamos trabajando la *Divina Comedia*, negó con el rostro, repitiendo para sí la palabra *comedia*. «¿Usted es profesor de qué?». «De todo un poco: historia, arte, literatura». «¿Egresado de dónde?». Carlos Monagas me miraba impasible. «Del Instituto Pedagógico». «¿Años de experiencia?». «Diecinueve, casi veinte». «¿Y quién le dio permiso a usted para decir que la Revolución es un chiste?». La estupidez de su discurso contrastaba con el tono hostil e implacable. No sabía si reírme o preocuparme por mi suerte. Sus preguntas ociosas eran agresivas e intimidatorias. Describí la representación, le expliqué que la actividad consistía en dar a elegir a los estudiantes un episodio de Dante. No dejaba de tomar notas. «Repítame el nombre». Busqué el apoyo moral del profesor Monagas, pero tenía la mirada en el piso. «¿Dante qué? —silencio—. ¿El autor del libelo, cómo se llama?». «Alighieri», deletreé. «¿Extranjero?». «Sí, italiano; florentino, en realidad. Siglo XIII». Alexander escudriñaba mis reacciones. La funcionaria guardó la libreta e informó que había recibido la denuncia de que en una de mis clases se había cometido un delito grave e inaceptable. El colegio, le advirtieron al profesor Monagas, recibiría una multa. Antes de irse, me invitó a reflexionar, a tener un mínimo de conciencia pedagógica, me dijo que era libre de tener la opinión política que quisiera, pero que no podía contaminar con mis prejuicios y mi ignorancia el pensamiento libre de los adolescentes indefensos y menos lavarles el cerebro con literatura extranjera, ofensiva contra Venezuela. Alexander salió sin despedirse. El profesor Monagas me pidió discreción, me advirtió que evitara exponer a los estudiantes a situaciones límite, me pidió que hablara con Jean Carlo y con Mimi, líderes naturales del curso de Humanidades, para que colaboraran con nuestro afán de supervivencia.

«A Dios le gustan los juegos de estrategia y ninguno de nosotros sabe cuál es su rol». El vino rebosó el borde de la copa. La mano de Moreira temblaba, hacía un esfuerzo inmenso por sostener la botella. Regresé a su casa por mera cortesía, pero no tenía interés real en escuchar el relato de su vida. Lo que tuviera que contar me tenía sin cuidado. Me imaginé que la necesidad de compartir su pasado era un efecto senil, un compromiso adquirido que me resultaría difícil esquivar. Moreira intuyó mi malestar. Me pidió que no fuera impaciente y, con su retórica caballeresca, me explicó que había imperceptibles hilos comunicantes en las tramas humanas. En el fondo, yo no tenía otro lugar a donde ir. Mi vida personal era una ruina. La tensión con Tati cada día era más insoportable. Los colegios eran un caos, en especial el Promesas, en el que los rumores de cierre circulaban a diario. El único espacio de paz era La Sibila pero, como solía pasar, después de los estrenos venía un período de calma y natural alejamiento. En la casa de la avenida Chama, solo quedaba Macario, el portero, sosteniendo sobre su hombro una escopeta sin balas con la que intimidar a los delincuentes, cada día al acecho.

«El mundo comenzó en el Marão, en las tierras de Trás-os-Montes, —afirmó sonreído, paladeando el vino—. Es una suerte compartir cuna con el señor Torga, los montañeses tenemos ese privilegio, pero el señor Torga nació en São Martinho de Anta y yo vengo de una aldea mucho más pequeña». No sabía qué decir. No conocía las referencias, ni las geográficas ni las literarias. «No sé cuál será ahora la suerte de mi tierra. No tengo más información que usted sobre lo que pasó. La Pantera especula, con su ignorancia entusiasta, que Europa ha desaparecido por completo, pero entiendo que este nuevo Diluvio solo asoló el corazón de Portugal. Dicen que Lisboa es un agujero de fuego, una nube negra que se extiende hasta el Alentejo y Oporto, que por todas partes llueven piedras ardientes, que las multitudes descalzas atraviesan la frontera de España, pero no se dice nada sobre las cumbres de Nogueira, Padrela o Larouco. A lo mejor, quién sabe, San Andrés Avelino nos libró de la mala suerte y nos salvó de la tormenta. ¡Cantés! Perdone mi digresión, es difícil pasar por alto lo que está ocurriendo, no pensar en el dolor de los seres amados ni recordar mis andanzas por la Praça do Comércio, ya desaparecida. Mi mundo comenzó en una aldea pequeña, un caserío a las afueras de Gouvinhas; pertenezco a una familia sin importancia, dedicada a la labranza y la recolección de castañas. Nuestro destino estaba escrito: éramos criados, personas de servicio y no podíamos aspirar a otra cosa. Ya lo decía el señor Torga, *el que es pobre tiene que aguantarse.* Y, la verdad, Fernando, yo nunca tuve inconvenientes con mi destino servil. Los que querían escapar de nuestra condición solo tenían dos caminos: el seminario o América, la Iglesia o la aventura; pero mi fe era poco disciplinada y mi temperamento no era el más temerario. Mi llegada a este continente fue un accidente, créame cuando le digo que cuando tenía dieciséis años no sabía que existía un lugar llamado Venezuela, porque yo era un hombre de pocas luces, acostumbrado al trabajo manual, que apenas había aprendido las más elementales operaciones aritméticas y solo para que no me robaran los mercaderes del pueblo, que eran unos pillos. Permítame avanzar poco a poco, degustar la memoria como un buen vino, dejarla reposar, ganar sabor al contarla. Mis hermanos también estaban condenados a heredar un oficio, un destino, una forma de vida. Silvino y Lourenço, los mayores, fueron los únicos que fueron a la escuela y que escaparon a nuestra suerte. Es comprensible, basta saber que existe un mundo más allá de la Serra do Marão, que existen otras lenguas y otras formas de vida, para sentir la tentación de probarlas. El atrevimiento de mis hermanos nos condenó a los otros, porque mi padre decía que en la escuela no se enseñaba nada bueno y que no valía la pena dedicar media jornada al conocimiento de galimatías sin importancia, cuando al final del día había tantas bocas que alimentar. La labranza era lo único que podía garantizarnos la subsistencia, mantenernos ocupados, y para eso no era necesario aprender cosas inútiles. Éramos felices, la verdad. Nos conformábamos con poco porque la ambición, los sueños, estaban construidos con otra materia, y muchos de ellos, los más bonitos, se habían hecho para otras personas. Las romerías y las *endoenças* saciaban la imaginación de los niños. No teníamos nada, pero lo teníamos todo, y si la partida de mis hermanos no me hubiera convertido en el primogénito forzoso, si no hubiera tenido que ayudar a mi padre en sus labores, probablemente, nunca hubiera dejado Trás-os-Montes, no hubiera conocido a la niña Agustina ni habría llegado, luego de meses de una peregrinación improvisada, al bonito puerto de La Guaira».

Caminó hasta la habitación del fondo, dejó la puerta apoyada. El olor medicinal me golpeó en el vientre, tuve arcadas. Fue al baño, minutos después regresó a la mesa. «Mi padre trabajaba para una persona de respeto, que con el paso del tiempo se convertiría en Diputado Regional por Vila Real. Después de un accidente que le inutilizó la mano, me pidió que lo acompañara a la casa principal. Comencé haciéndome cargo de las labores de limpieza, pero, pasadas las primeras semanas, me gané el respeto de los patrones, buenas personas, entonces. Yo manejé el primer automóvil que llegó a Gouvinhas. La gente estaba sorprendida con la máquina, nunca habían visto algo así, solo en las sesiones del cinematógrafo que el padre Silva proyectaba en la plaza, cobrándonos tres ochavos. El ascenso social de la familia Gomes supuso un ascenso para mí; comencé a vestir una chaquetilla blanca, acababa de cumplir dieciocho años. Nunca había salido de mi pueblo. Y fue entonces cuando me casé, cuando me obligaron a casarme. ¡Cantés! ¡Pobre

Lucía! ¿Qué habrá sido de ella? Los matrimonios de la montaña eran un convenio entre las viejas familias. Las historias de amor apasionado solo traían la perdición, como bien lo había advertido el señor Castelo Branco en su bella novela. Los infortunios sentimentales había que atajarlos a tiempo y dejar los acuerdos de convivencia en manos de los mayores. Lucía también trabajaba en la casa del diputado, en la cocina. Una tarde de domingo, nuestros padres conversaron sobre los beneficios de nuestro enlace. El señor Gomes, meses más tarde, fue el padrino de la boda, pero en esto de las relaciones de pareja, usted lo sabe, no se pueden forzar los afectos. Si no hay respeto por el otro, si no existe por lo menos un poquito de nobleza en los corazones, la compañía diaria se puede convertir en un infierno. Y no exagero si le digo que, desde la primera noche, Lucía me dejó claro su desprecio. No creo que me odiara a mí, esa mujer estaba furiosa contra el mundo. La carcomía la envidia, el malestar, la furia contra su miseria. A veces escupía sobre el caldo verde del almuerzo o improvisaba sortilegios sobre los desayunos de la señora Gomes, maldiciendo sus bienes de fortuna. Tenía la responsabilidad de hacerle hijos, pero no sabíamos muy bien cómo hacerlo. Nadie hablaba de eso, no era correcto. Nosotros, además, no teníamos instintos. No nos gustábamos. Solo imitábamos los movimientos de los animales en el campo, buscábamos empotrarnos como lo hacían las bestias, pero nuestros cuerpos no tenían simetría. La verdad es que le teníamos miedo a la noche, porque cuando nos veíamos obligados a ejercer el papel de esposos, lo único que sentíamos era vergüenza y dolor físico. El señor Gomes pasaba mucho tiempo en Vila Real, los trayectos por la carretera vieja eran interminables y mis ausencias de Gouvinhas eran cada vez más largas. En el pueblo, no tardé en convertirme en estigma, en motivo de chiste, en el rumor jocoso de las fiestas de la Virgen de la Fresa. Era un cornudo. Lucía tenía un amante y no se preocupaba por disimularlo, todo el mundo sabía que me engañaba. Mi padre me llamó aparte, estaba muy preocupado por los decires de la gente, por la ofensa a la casa, por la degradación manifiesta de mi hombría. El señor Gomes, sin saberlo, nos dio la solución, fue algo que ocurrió de repente y que nos permitió escapar de las habladurías de la montaña. Su carrera política iba en ascenso y, si quería aspirar a algo mejor, tenía que trasladarse a Lisboa. Nos pidió que lo acompañáramos, que preparáramos el viaje y nos instaláramos con su familia en la capital. Mi padre encomendó la sanación de mi matrimonio a San Bartolomé. "Cuide a su mujer, ofrézcale lo que necesita, hágase respetar, enséñele quién manda, hágale un hijo varón", pero la verdad es que yo no sentía nada por Lucía, ni siquiera rencor, y la mera idea de entrar en su cuerpo a retozar en sus aguas me provocaba un profundo rechazo. La mudanza a Lisboa era una aventura cargada de miedo y expectativas. Detrás del Marão, existía un universo desconocido al que no sabía si sería capaz de adaptarme. El Diputado Regional me pidió que adelantara mi viaje, que partiera por carretera con su esposa y su hija pequeña unas semanas antes, para que las ayudara a instalarse. El día de la partida, encontré un libro de historietas sobre el asiento del coche, *Polichinela en Trás-os-Montes*, logré deletrear, con mis limitados conocimientos. Me gustaban los dibujos, los rasgos de los muñecos, la incertidumbre de las letras ilegibles. Puse los dedos sobre las palabras, tratando de aprehenderlas, queriendo descifrar qué era lo que decían. Una voz infantil se asomó sobre mi hombro y, de manera pausada, saboreando las sílabas, me ayudó a descifrar el enigma. "Moreira, cuéntame este cuento". Sentí vergüenza, bajé los ojos, me hubiera gustado complacerla, pero tuve que decirle que no sabía leer. Ella sí sabía, me dijo, pero lo hacía muy lento, estaba aprendiendo en la escuela. Me advirtió que, si yo quería, cuando llegáramos a Lisboa, podía enseñarme a leer. "Muchas gracias, niña Agustina. Muchas gracias". Si en ese momento, alguien hubiera dicho que, años después, iba a compartir el resto de mi vida con ella, lo habrían encerrado en un hospicio para enfermos mentales, pero ya se lo dije, los caminos de Dios son más accidentados que la vieja carretera de Cambres. Es tarde, Fernando, cayó la noche, y usted sabe que vivimos rodeados de espíritus burlones. Vuelva pronto, vaya con cuidado. Muy buenas noches nos dé Dios».

Tatiana fue mi alumna en el Santo Tomás de Villanueva, pero nuestra relación comenzó diez años después de su egreso, cuando coincidimos en la barra de un bar en Altamira. En el colegio, era coqueta e invasiva. Nunca me tomé en serio sus intentos de seducción porque no dejaban de parecerme juegos infantiles, arrebatos de irreverencia adolescente. «Profe, cásate conmigo», dijo alguna vez, al final de una clase de Historia. Tenía las piernas abiertas y estaba apoyada sobre el escritorio, menuda, pequeña, con los ojos de miel, invitando al asalto. Me distraje corrigiendo exámenes. «No creo que sea una buena decisión —respondí sin mirarla—. Cuando crezcas, encontrarás un esposo mejor que yo». Y la ignoré, mostrando un absoluto desinterés por su aventurada propuesta. El desdén funcionó, la picardía se transformó en rabieta. Tatiana era preciosa, pero mis complejos morales me impedían contemplarla de otra manera. El uniforme escolar anulaba mis instintos. No estaba permitido. Como el resto de sus compañeras, no tenía sexo. El orden del mundo, aprendido por la fuerza en mi casa, bajo la rigurosa mirada de mi tía Rosaura, había dejado huellas indelebles. La moralidad era una de las marcas más estrictas. Muchos de mis compañeros de trabajo pensaban que era homosexual porque, cuando coincidíamos en La Buhardilla o en el bar de Giménez, evitaba participar en sus conversaciones lascivas sobre la belleza de las chicas. Me sentía incómodo cuando desnudaban a las muchachas y las convertían en vulgares fetiches. Recuerdo a un profesor de Educación Física, denunciado más tarde por acoso, que se vanagloriaba ante sus colegas varones de masturbarse a diario frente a las fotos de los anuarios. Los seminaristas eran los peores, la formación pastoral era la coartada más idónea para seducir adolescentes incautas. No soy idiota (no tanto), sabía que Tati jugaba al límite; era muy joven, comencé a trabajar con veintitrés años, por lo que la tentación era un riesgo considerable. Me instigaba con su mirada traviesa, con su encanto natural, pero no estaba dispuesto a arriesgar mi profesión y mi estabilidad emocional por un amorío con una niña. No me hacía falta. No lo necesitaba. Tatiana me saludaba con besos en la mejilla, me abrazaba de improviso en los pasillos, hasta hacerme sentir incómodo, burlándose con sus amigas de mis reacciones torpes. Mi indiferencia la mantenía aparte, aunque ella se esforzaba por molestarme. Años después, entre risas, evocamos sus intentos de seducción, como cuando hicimos una lectura compartida de *Rojo y negro*. Me gustaba leer en los recreos, mientras hacía las rondas de vigilancia en el patio, evitando que los chicos fumaran, hicieran el amor detrás de los árboles o se embarcaran en trifulcas. El libro de Stendhal siempre me había llamado la atención, pero no había tenido tiempo de leerlo. La lista de clásicos pendientes era enorme y rebosaba mi mesa de noche. La mayoría no los leí, no tuve tiempo, pero en mis primeros años de ejercicio docente tenía la vana ambición de querer conocer a fondo la historia de la literatura. Durante quince días me cautivaron las peripecias de Julien Sorel. Tenía la edición de Cátedra, pequeña, roída y amarilla, comprada en la librería Divulgación del Centro Comercial Los Chaguaramos. Una mañana cualquiera, al bajar la escalera, me tropecé con Tati. Se disculpó distraída, sostenía un libro entre las manos: *Rojo y negro*. «¡Profe, perdón!», mencionó ignorándome. Y siguió de largo, como si no me hubiera visto. En la clase siguiente, durante una actividad grupal, la confronté. Le pregunté por el argumento, por los personajes, por el significado del título. Furiosa, consciente de mi burla, me quitó la palabra durante una semana. Años más tarde, después del reencuentro en Greenwich, desnudos y exhaustos, leímos algunos fragmentos en la cama, como parte de un acuerdo inconcluso.

Carmelo no llegó a la reunión. Durante una hora, lo esperé en la plaza Altamira, pero el calor me obligó a buscar refugio en algún restaurante cercano. Las conversaciones con la Alcaldía de Baruta sobre la instalación de un centro cultural en Colinas de Bello Monte estaban abiertas, pero todavía estábamos desarrollando el proyecto. Quedaba mucho trabajo por hacer. Más tarde, supe que el carro se le accidentó en Chacaíto y que perdió la tarde buscando una grúa que no lo estafara. Caminé hasta la Torre Británica, hasta el viejo cine. No sé por qué elegí Greenwich. No conozco los bares de mi ciudad. Giménez es una excepción, motivada por la vecindad. Vi la puerta verde y entré. Me senté en la barra. Pedí una cerveza, el calor era inclemente. Música noventera, Jarabe de Palo: *La Flaca*. Risas de fondo. No estaba lleno, todavía era temprano. Apareció de repente. «Hola, profe». Habían pasado diez años, más o menos, desde nuestro último encuentro, cuando le entregué el título de bachiller en el auditorio del colegio. Me enamoré en el acto, sin resistencias ni prejuicios. Tatiana llegó a mi vida en un momento de radical hastío e indefensión sentimental, de preguntas constantes en torno al significado de la soledad y el tiempo. Estaba con unas amigas; reconocí a Yolanda, también exalumna. Le invité un trago, se sentó a mi lado. Hablamos toda la tarde. Sus amigas se fueron. Me sentí bien con ella e intuía que también disfrutaba mi compañía. Me habló de sus estudios superiores en la Universidad Católica y de la óptica que administraba en Paseo Las Mercedes. Hablaba con desparpajo, con plena conciencia del efecto lisérgico de sus palabras. «¿Tienes novia, profe?». «No me digas *profe*». «Tú siempre serás mi profe, pero está bien: Fernando. ¿Tienes novia?». Nunca había tenido novia. La independencia era una garantía que no me había atrevido a quebrantar. Julia era lo más parecido a una pareja, pero no me sentía cómodo nombrándola. Ella la conocía, también había sido su profesora. Éramos amantes ocasionales y frígidos. Cuando el vacío nos quemaba las entrañas, cuando no nos gustaba el mundo, nos encontrábamos en un motel de El Rosal para darle sosiego a nuestras miserias. No nos gustábamos, no teníamos química sensual, pero nos empeñábamos en envolvernos los cuerpos en humores de olores irritantes, en compartir sudor y saliva, solo para sentirnos acompañados. Luego, cuando nos veíamos en el colegio, nos evitábamos. No hablábamos de lo ocurrido, como si no hubiera pasado. Dábamos por supuesto que no volvería a ocurrir, pero meses más tarde, después de algún consejo interminable, terminábamos degradándonos, amándonos sin afecto ni divertimento. Hasta que conocí a Tatiana nunca me sentí a gusto con una mujer. Mi orientación sexual no era un dilema, tenía claro cuáles eran mis preferencias, pero la experiencia que había acumulado hasta ese momento, hasta mis treinta y tantos años, no me había dado seguridad ni placer. Ni siquiera disfrutaba los besos. Algunas salivas, algunos labios, tenían un efecto irritante. La medianoche nos tomó por sorpresa. En aquella Caracas, no muy lejana, todavía estaba permitido salir. La delincuencia no había impuesto el toque de queda radical que vendría más tarde y los faros de las autopistas no se habían apagado del todo. Ocurrió el primer beso, apacible, delicioso, limpio. Mis labios sintieron el roce de su lengua. Sabía a cerveza. Se burló de mi acercamiento, me dijo que tenía más de dos horas esperando que la besara. Mi siguiente comentario resultó inesperado, lo dije sin pensarlo. Respondió con una carcajada. «Ven conmigo, quédate a dormir en mi casa». «Está bien, ¿por qué no?». Solo bastó una noche para enseñarme que no podría seguir adelante sin ella, para hacerme dependiente de su compañía, adicto a su humor y a su cuerpo perfecto. Nos llovió en el camino de vuelta, nos besamos bajo la lluvia, como en las películas viejas. Tocarla, descubrir su piel, escucharla reír, fue la más reveladora experiencia del amor verdadero, algo que nunca había sentido ni que creía posible. Tatiana penetró mis defensas, invadió mi sangre y mi conciencia. Jugó con mi torpeza, me enseñó cosas, me descubrió el inmenso beneficio que significaba complacerla, llevarla al límite, hasta la risa tonta, desarmarla entre mis brazos. No parábamos de hacer el amor, éramos insaciables, bestiales, ingeniosos, románticos, cursis, pornógrafos. Había perdido el estupor y la vergüenza. Tenía la impresión de que siempre habíamos estado desnudos, el uno frente al otro, y que a nuestro alrededor se extendía un inmenso paraíso en el que teníamos permitido comer de todos los árboles. «Ven a vivir conmigo». Aceptó. Habían pasado quince días desde nuestro reencuentro. Tengo la certidumbre de que lo que existió entre nosotros fue real e indisoluble, pero las cosas cambiaron. La belleza se terminó, no era infinita como pensábamos. La dejamos morir y no nos dimos cuenta. La destrucción de Lisboa nos acercó por unas horas, pero el paso de los días volvió a llevarnos por caminos distintos, hasta matarme de angustia, desesperación y sobre todo celos.

IV. *Scherzo*

El día que descubrí el secreto de Tatiana se habían enardecido las protestas. El gentío aceleró mi agorafobia, busqué refugio en Giménez, donde Ascanio decía, como en tantas ocasiones, que la Revolución tenía las horas contadas. El escepticismo, sin embargo, era la actitud más sana y generalizada. Lo que ocurrió en Lisboa nos hizo invisibles a los ojos del mundo. Venezuela no era una prioridad para ningún organismo internacional. El único objetivo de la política mundial era reconstruir el planeta y devolverle la estabilidad a un hemisferio roto que todavía arrastraba los coletazos de la pandemia. Las tiranías de los países miserables pasaron a un segundo plano. Los esfuerzos conjuntos que, antes del estallido, se habían encaminado hacia la liberación de Venezuela, quedaron estancados por el choque del asteroide. Los organismos de seguridad, conscientes de que nadie los observaba, perdieron cualquier tipo de resquemor. El uso de la fuerza, incluso del asesinato a sangre fría, fue la política de control más eficaz de la Revolución rediviva. Sin decretos ni consignas, impusieron el recurso del miedo. Lamenté mi egoísmo, censuré mi autocompasión. Mi desdicha era indiferente a la tragedia del mundo. Lo único que me importaba era conservar a Tati, mantenerla a mi lado, pedirle que me dijera la verdad. Necesitaba confirmar que mis celos no tenían justificación y que, más temprano que tarde, las cosas volverían a la normalidad.

Ocultaba algo, la conocía bien. En los últimos meses, antes de Lisboa, me llamó la atención su obsesiva dependencia del teléfono. Mantenía conversaciones permanentes por WhatsApp, en teoría con Yolanda, pero la sentía mirar la pantalla en las madrugadas, llevarse el teléfono al baño. Cuando la miraba, cuando pasaba a su lado, se sentía incómoda, me daba la espalda, fingía estar trabajando en otra cosa. Confirmé mi impresión de que mantenía una relación con otra persona cuando encontré sobre la mesa de la cocina su carnet de la patria. Alegó que no podía trabajar sin Internet, que la necesidad la llevó a hacer ese sacrificio. Semanas después de la hecatombe, los servicios de telefonía se restablecieron en el resto del mundo. Los grandes emporios comerciales no tardaron en reactivar sus operaciones, buscar alternativas frente a la debacle y sortear las borrascas que dejó el paso del asteroide en el suroeste de Europa. La Revolución, sin embargo, aprovechó las circunstancias trágicas para reforzar su política de censura. El acceso a Internet y el uso de redes sociales pasó a ser vigilado por Conatel. El argumento era técnico, más que político. El incidente de Lisboa, alegaba la Gaceta Oficial, había provocado una crisis satelital que impedía el libre restablecimiento de la web. Gracias a los servicios de inteligencia del gobierno bolivariano, explicaban los ministros de turno, pudo reactivarse el uso de Internet, pero con severas limitaciones. Para garantizar la operatividad del servicio, era necesaria la vigilancia estatal. El carnet de la patria era un requisito indispensable para solicitar el acceso a Google. Tatiana fue una de las tantas personas que, pasadas las primeras semanas, hizo cola frente a las oficinas del SAIME para recuperar su conexión con el mundo. No le había pedido una explicación, pero parecía querer convencerme de que había sacrificado su espíritu de lucha por motivos laborales. La alienación tecnológica volvió a la casa y el teléfono se convirtió en mi más aguerrido adversario. En las noches, se reía sola, de cara a la pantalla. Fingía dormir, incluso roncar, mientras la miraba con los ojos entreabiertos, contemplando su hermosa carcajada que hacía meses que no me dedicaba. A veces se encerraba en el baño, regresaba feliz, media hora más tarde, con una expresión que no le había visto desde los días de nuestro noviazgo. Alguna mañana, durante un café, haciendo amago de indiferencia, presté atención a la clave de su teléfono, logré captar los primeros tres dígitos: 963, el resto me lo perdí, pero la remembranza de una conversación me sugirió una idea. Tatiana conocía todas las claves de mis correos electrónicos. Muchos de mis perfiles de redes los había abierto ella. Cuando me preguntaba qué contraseña quería utilizar, solía citarle personajes literarios o nombres de libros. Stendhal era nuestro código compartido, el de nuestras cuentas en común. «Tú sí eres intenso, Fer. Yo no tengo imaginación —había dicho entre sábanas, alguna vez, empapada en sudor—. Si me invento un nombre, seguro lo olvidaré, por eso siempre uso cosas conocidas, como mi número de cédula o mis viejos teléfonos CANTV, de cuando era carajita». Reviví la conversación, la escuché en directo, como si fuera un holograma. Durante su niñez, hasta la adolescencia, Tati había vivido en La Boyera con sus padres. Sabía que el prefijo de la Boyera era 963.

A primera hora, con una avenida Miguel Ángel repleta de basura y patrullas en las esquinas, caminé hasta Las Mercedes. No había transporte público. Las puertas del Santo Tomás estaban abiertas, pero no había nadie. En la oficina solo estaba la hermana Salcedo. Mentí, alegué que quería buscar información sobre los estudiantes para organizar el acto de grado. Entré al archivo. Recordé el año del egreso de

Tatiana, hizo toda su educación primaria en el colegio. Fue difícil descubrirla entre la infinidad de Garcías. Encontré la ficha. Vi su foto de niña, con la misma mirada, con el cabello largo. Leí su nombre completo, vi la dirección de su casa en La Boyera. Encontré el número. No tuve que anotarlo, lo aprendí de memoria. Regresé corriendo al apartamento, entre guarimbas desalojadas. Escuché el sonido de la ducha, el teléfono estaba sobre la mesa de noche, cargándose. Lo jalé con fuerza, hasta arrancar el cable. Introduje la clave. Inmediatamente, la pantalla se iluminó. El icono de la izquierda, abajo, era el de WhatsApp. Tuve una pérdida de orina, un mareo incontrolable. Sentí el reflujo en la garganta. El amante de Tatiana se llamaba Óscar y también había sido mi alumno.

«En nuestras calles, al anochecer, es tal la lobreguez, hay tal melancolía que el bullicio, las sombras, la marejada, el Tajo, provocan un deseo absurdo de sufrir, aunque, con la venia del buen Cesário Verde, creo que nosotros podríamos hablar del Guaire», declamó Moreira, mirando el atardecer plomizo, con trazas del humo de las bombas lacrimógenas tatuadas en las ventanas. Parecía esperarme. No le conté mis pesares,

pero los intuyó. Abrió una botella de vino. Agradecí su compasión porque todo lo que había leído aquella mañana en el celular de Tatiana me tenía el estómago revuelto. «La señora de Mello Breyner decía algo muy justo sobre las penas de amor, que creo que puede tener sentido en lugares como Venezuela, perdone mi traducción. Decía, más o menos así: *Terror de amarte en un sitio tan frágil como el mundo. Mal de amarte en este país de imperfección, donde todo nos rompe y enmudece, donde todo nos miente y nos separa.* Lamento sus desdichas, Fernando, pero recuerde que, a pesar del saqueo y la decepción, la esencia de las cosas amadas sigue intacta. La esperanza tiene una base firme para usted, aunque parezca que todo está perdido. Los portugueses, en cambio, nos quedamos sin hogar. Yo vengo de un país desaparecido, muchacho. Después de todo lo que ocurrió, tengo la responsabilidad de la memoria. ¡Cuánta tristeza! Pero en este momento, los dolores del mundo no nos interesan. Usted vino a contar sus infortunios y yo lo interrumpo con los pesares de la humanidad. Si quiere hablar, puedo escucharlo. Si quiere permanecer en silencio, puedo acompañarlo». Moreira era un orador nato, un versátil cuentacuentos; sus palabras, su pronunciación extranjera, tenían una musicalidad disipada, con un inmediato efecto analgésico. Solo me interesaba una cosa: no pensar, arrancar de mi imaginación los detalles explícitos de la correspondencia de Tatiana. «Los poetas son afortunados, pero el resto de los mortales tenemos que aprender a convivir con la pena. Así lo decía el señor Ruy Belo, de São Joao da Ribeira: *el poeta es aquel que administra la tristeza con sabiduría*. Los demás no tenemos esa fortuna». «Cuénteme su historia, Moreira. Continúe. No ha terminado de decirme cómo llegó hasta aquí». Necesitaba distraerme, enfocar mi atención en otro asunto que no fuera el deseo visceral de suicidarme.

«Mi matrimonio era un fraude. La situación con Lucía no mejoró en Lisboa. El efecto encantador de la ciudad grande duró poco tiempo. Para los habitantes del Marão, para todos aquellos que veníamos desde Trás-os-Montes, Lisboa era la capital del mundo. No estábamos acostumbrados a compartir con tanta gente, a no saber los nombres de las personas que tropezábamos en la calle, a sentir que la vida cotidiana tenía un ritmo frenético al que teníamos que adaptarnos si no queríamos quedarnos al margen. Es curioso, Fernando, los sabios extranjeros cuentan en sus memorias que, en comparación con Londres o París, Lisboa era una aldea insalubre, pero para nosotros era la Ciudad de Dios, el único ejemplo conocido del mundo moderno. Me convertí en la mano derecha del señor Urbano. Las diligencias diarias me hicieron aprender los recovecos del

Chiado, los atajos, las callejuelas, los lugares prohibidos o las mejores ofertas del mercado. La casa Gomes vivió momentos felices, pero la tragedia no discrimina y, pasados los años de bienestar, sobrevino la enfermedad de la señora, su paulatino apagamiento, su muerte lenta. La dolencia que consume a mi Agustina tiene un largo historial en las mujeres de su familia. La señora Tavares, la abuela, tuvo el mismo desenlace; pasada cierta edad aparece algo que les paraliza la sangre, los huesos, el entendimiento. La agonía de la madre fue un calco, de un día para otro la vimos apagarse. Algo le ocurre al cerebro, un cambio de seña. Cuando Agustina tuvo los primeros mareos, los dos sabíamos lo que vendría a continuación, porque lo habíamos vivido de cerca. La herencia no es tonta. Me pidió que le hiciera dos promesas y, unas horas más tarde, se acostó a dormir. Pero la Agustina de Lisboa no tiene nada que ver con mi mujer, diría que son dos personas distintas, aquella era una joven infatigable y flemática. Cuando su madre enfermó, rondaba los dieciocho años y tenía un temperamento indomable. ¡Cantés! ¡Qué mal genio! ¡Qué carácter! Tenía la fuerza suficiente para comerse el mundo, pero una serie de situaciones desafortunadas hicieron que el mundo se la tragara a ella. La niña cándida de la montaña se hizo engreída y arisca. Las costumbres de la ciudad, de las muchachas de su clase, afectaron su generosidad innata. Siempre me trató con respeto, pero le gustaba mantener su espacio. El cariño espontáneo de la niña que quiso enseñarme a leer se disipó y aquellas lecciones primerizas sobre la sonoridad de las vocales se perdieron junto con los libros de Polichinela. Lucía odiaba la belleza de la niña Agustina. No soportaba su posición. Mi mujer disfrutó la enfermedad de la patrona. Se quedaba mirándola con morbo, atendiendo a sus muecas, gozando su parálisis. Solo en ese momento, ante la evidencia de su crueldad, sentí desprecio real por mi compañera de vida. Lamenté mi suerte, contaba las horas para no tener que verla y enfrentarme a sus despotriques. Lucía condenaba mi falta de ambición, mi esclavitud voluntaria. En Lisboa, tuvo un amorío con un sastre, pero a diferencia de lo que pasaba en la montaña, a nadie le importaba. Los cuernos de un hombre del servicio doméstico no eran competencia de nadie, más allá de algún comentario burlesco en las tabernas de la Baixa, pronunciado con celo por otro cornudo.

Nuestro matrimonio le permitió a Lucía salir de su casa, abandonar la vida triste de Gouvinhas, pero cuando llegamos a Lisboa una nueva obsesión comenzó a recorrer sus entrañas: América, porque, en aquel tiempo, Fernando, no había mayor sortilegio que la palabra América. Del otro lado del mundo, podíamos tener lo que nunca tuvimos, ser lo que no pudimos ser. La prosperidad tenía un precio: abandonar la tierra, y yo pensaba que nunca, bajo ninguna circunstancia, podría abandonar la majestad del Tajo, ese *Mediterráneo en miniatura*, como bien dice el señor Almeida Garrett en las memorias de sus viajes. Lucía decía que, si permanecíamos en Portugal, nunca perderíamos nuestra condición de empleados, que nos resultaría imposible tener algo propio y que el día que las tropelías del señor Urbano lo llevaran a las mazmorras de Peniche, nos quedaríamos solos, con las manos vacías, cargados de deudas impagables. Los reclamos de mi mujer eran un susurro desagradable, pero sus inquietudes tenían un argumento. Al principio no quise verlo, pero las evidencias eran notorias. Me entristeció mucho darme cuenta de lo que había ocurrido, pero cuando llegamos a la ciudad, el señor Urbano cambió. La política, Fernando, es el oficio del diablo. Siempre que haya dinero de por medio, las buenas intenciones de los hombres se transforman en trampas. La honestidad se deshace. En el Marão, lo sé, el señor Urbano Gomes era un buen hombre cargado de sueños y ambiciones honestas, pero en Lisboa, las malas compañías y las tentaciones del poder lo hicieron dar pasos en falso. No me corresponde a mí juzgarlo, eso es tarea de Dios, pero la verdad es que no me sentía cómodo con muchas de las cosas que estaban pasando. Mi patrón estaba relacionado con unos asuntos de especulación inmobiliaria, utilizaba sus influencias para favorecer a unos, perjudicar a otros. También tenía una amante en Almada. Y mientras tanto, en la casa, la señora se consumía, inmersa en un sueño irreversible que le comía las entrañas». La mirada de Moreira se posó en la puerta cerrada. Un suspiro incompleto interrumpió su testimonio. La sonrisa vino de improviso: «¡Qué fácil es perderse en los abismos del recuerdo! La niña Agustina había crecido. Testaruda, febril, violenta. Era el dolor de cabeza de su padre porque, como la mayoría de los jóvenes de su época, esperaba con ansias la llegada de la Revolución. Los muchachos de entonces pensaban que las cosas podían ser diferentes, que la palabra libertad tenía un alcance mayor que el de nuestras andanzas tranquilas por el Rossio, que era posible tener una vida sin la vigilancia de Salazar. La niña Agustina heredó, casi intacta, la nobleza perdida de su padre por lo que, cuando el señor Urbano se comportó como un truhan, ella no dudó en echárselo en cara. El grupo de teatro de la Universidad de Lisboa era una cantera de jóvenes incendiarios. Tenían libros prohibidos y traficaban con obras censuradas. En realidad, eran niños de fortuna que detestaban sus beneficios de clase y creían que la pobreza era una virtud romántica. Nunca pasaron hambre, por lo que sentían envidia del mendigo. Para ellos, la vida no era la vida. La existencia solo era una consigna, un conjunto de palabrejas raras, de luchas de clases y proletarios. No tenían mala fe, la niña Agustina no tenía mala fe, pero esos chicos nunca habían tenido que hacer un esfuerzo real ni sacrificarse por nada. Al regresar a sus casas, luego de pasar horas leyendo autores proscritos y planear atentados fallidos contra Salazar, encontraban en la mesa un plato de comida, tenían agua caliente, cobijas con las que protegerse del frío. ¡Ah, la juventud! ¡Ese momento de la vida en el que piensas que nada es más fuerte que los sueños! De esto nos habló el señor de Sena en sus *Señales de fuego*, bellísimo relato. La niña Agustina se enamoró del director del grupo, un hombre barbudo e incendiario llamado Arlindo, mayor que ella, casado. Fue una relación apasionada e intensa. El amor, sin embargo, era un complemento de la lucha, del compromiso por la libertad de Portugal. El idilio terminó meses más tarde, cuando las conversaciones banales pasaron a acciones concretas, a verdaderos actos de sabotaje, al ejercicio de la Revolución viva, fue entonces cuando aparecieron los oficiales de la PIDE y, de la manera más absurda e imprevista, la única hija del señor Urbano terminó convertida en mi mujer.

»Tenía dos hermanos en América, Silvinho y Lourenço. Brasil y Venezuela eran palabras huecas para mí, tierras lejanas, demasiado lejanas, esbozadas en un mapa. La situación de la casa Gomes, la enfermedad de la señora, la perdición del patrón, la efervescencia política de la niña y la insistencia de Lucía por salir de Portugal me obligaron a tomar una decisión. Comencé a tocar las puertas que podrían llevarme a dar el salto. No era fácil, existían muchos controles, impuestos, requisitos para salir del país. Necesitábamos un contrato de trabajo o una carta de llamado de parte de algún familiar arraigado en la tierra prometida. La Junta de Emigración era estricta y sus funcionarios no tenían inconveniente en hacerte perder días enteros, para luego rechazar solicitudes por causas injustificadas o, sin anuncio previo, duplicar los costos de los certificados criminales y médicos. Nosotros tuvimos suerte, cuando fuimos a la cámara municipal a solicitar nuestros pasaportes nos atendió una persona amable, cumplíamos con el perfil. Mi hermano Lourenço había respondido a mi llamado de auxilio, estaba en Caracas, tenía una agencia de festejos y necesitaba empleados. Nunca tuve mucha confianza con Lourenço, pensé que aquella carta no tendría respuesta, porque mis recuerdos de infancia estaban más afincados en Silvinho, el mayor, la persona que me enseñó a nadar en el río Sabor, con quien jugaba sierra a la vieja por las cumbres de Gouvinhas, pero Silvinho nunca respondió. La carta a Brasil no encontró destinatario. No sé qué fue de él. ¡Qué pecado, lo que hace la migración con los viejos afectos!

»Partiríamos pronto, sin despedirnos, sin dar explicaciones. No quería hacerlo así, me sabía mal abandonar al señor Urbano de esa manera, con la mujer enferma y la loca de la casa con la idea clandestina de desbaratar el país, pero llegó un momento en el que la relación con mi patrón era intratable. La opulencia afectó sus formas, solo quería escucharse a sí mismo y para colmo, a la mala conciencia se sumó el alcohol. Los últimos meses en Lisboa cumplí con mis diligencias. La proximidad del viaje intensificó la hostilidad de Lucía, se hizo más agresiva y grosera. Los amoríos con el sastre eran públicos y conocidos en el barrio. Alguna vez, me dijo que lo primero que haría al bajarse del barco sería buscar a un hombre de verdad, que solo estaba conmigo porque podía ofrecerle un pasaporte, pero que lamentaba tener que compartir su vida con una persona tan insignificante. Nunca cuestioné mi matrimonio, Dios le dio el visto bueno a nuestra convivencia, juramos frente a un altar sagrado que nos amaríamos por siempre, en la salud y en la enfermedad, pero nosotros no nos amábamos ni nos amaríamos nunca. Dios sabe mucho; hizo el mundo, sí, y el mundo... ¡bueno!, es bonito, pero también tiene sus fallas. Si se hubiera tomado más tiempo, le habría salido mejor. No me dolía la traición de Lucía, prefería que estuviera en los brazos del sastre que a mi lado, maldiciendo su suerte o deseándole el mal a una mujer moribunda.

El día en el que se torcieron nuestras vidas, todas las vidas relacionadas con esta historia, los encontré en un callejón de la Baixa. La casualidad me llevó a tropezarlos, sin que ellos se dieran cuenta. Y parecía otra Lucía. La manera como abrazaba a su amante, como lo miraba, como parecía disfrutar su cercanía. Yo nunca la había visto así. Esa mujer era feliz. Sabía sonreír, sabía desarmarse en un abrazo. Yo nunca la hice feliz, a pesar de que, créame, durante mucho tiempo, lo intenté». Sentí la pulsión de la lágrima, algunas frases aisladas de la correspondencia de Tatiana me golpeaban la mente, describían el éxtasis compartido, la fogosidad de los orgasmos. «No se puede mendigar amor, querido amigo. Ya se lo dije, Dios habrá podido acompañarnos en la iglesia de Gouvinhas, pero él vive en las nubes, donde todo es más fácil. El que tenía que dormir con esa señora era yo. Al regresar a la casa supe la noticia, hubo un allanamiento en el teatro. La PIDE detuvo a Arlindo, a la niña Agustina y a varios miembros del grupo. Las acusaciones eran serias, encontraron armas en la sala de ensayos y planes de sabotaje contra el puerto. Lo que comenzó como una tertulia tremendista en torno a la inminencia de la Revolución, terminó convertido en una especie de guerrilla urbana que, en su ignorancia, en su torpeza romántica, cometió muchos errores y llevó a sus cabecillas a sufrir feroces interrogatorios en los calabozos de la policía política.

»En aquel tiempo, las desapariciones eran frecuentes. La gente lo sabía y callaba. Aquellos que caían en desgracia, podían pasar el resto de sus vidas en la isla de Santiago, en Cabo Verde, y la vida transcurría sin ellos, porque el Portugal de Salazar era pasivo y olvidadizo. No nos gustaba el ruido, sabíamos hacer silencio, bajar la cara, dar la espalda. Los que habían sido detenidos era porque habían hecho algo, porque se lo buscaron. No quería irme así, con la incertidumbre de la suerte de la niña Agustina. Lucía estaba exultante, quería que se pudriera en la cárcel para que aprendiera en carne propia el verdadero significado de la miseria. El señor Urbano se enfrentó a un dilema que, a los ojos de Dios, solo pudo degradarlo. Entre su familia y su carrera, eligió la segunda opción. No intercedió por Agustina, le dio igual, se mantuvo al margen de la condena, porque cualquier intervención a su favor supondría un enfrentamiento directo con Salazar y sus ministros y porque, por esas fechas, aspiraba a un puesto más alto en el congreso. *Esa muchacha, Moreira, necesita un escarmiento*, me dijo algún día al salir de la casa. La niña Agustina se quedó sola, desatendida por sus padres, aislada del resto de sus compañeros, maltratada por oficiales furiosos. Le hicieron daño, ¿sabe? Ella me lo dijo. ¿Usted me entiende? No fueron buenos con ella —se interrumpió de repente—. Es tarde, Fernando, debería partir. No quisiera que tuviera que caminar bajo la noche». Le costó levantarse, se le había dormido la pierna. Recogió los vasos. Se paró frente a la ventana, de cara al horizonte gris. «Pero, para que no se quede con la curiosidad, le resumiré el final de este episodio. Más adelante volveré sobre esto, pero por ahora lo único que necesita saber es que un oficial de alto rango de la PIDE, de manera clandestina, intercedió por ella, la liberó con una única condición: tenía que salir de Portugal en un plazo inmediato y no podía contar nada de lo que le pasó. La encontré llorando en la casa, desesperada, mortificada por la suerte de Arlindo e indiferente a su futuro, paralizada por el trauma. La niña Agustina no tenía a dónde ir. Si quería conservar la vida y la libertad, tenía que abandonar Lisboa en setenta y dos horas. Mi barco a América saldría dentro de tres días. No lo pensé. Miré los documentos. Mi Lucía tenía doce años más que Agustina, pero tenían un aire. La situación era desesperada y exigía medidas urgentes. No sé cómo se me ocurrió, no sé por qué lo dije, pero pasó así. No sabe cuántas veces he repetido esa escena en mi memoria, sorprendido por mi determinación: "Niña, tengo dos pasajes para América. Si usted lo quiere, puede venir conmigo a Venezuela, al menos hasta que se calmen las aguas". Agustina embarcó con los documentos de Lucía. Una mañana de julio salimos de Lisboa. En los registros de la Junta quedó detallada la salida del matrimonio Moreira, a pesar de que nunca nos habíamos tocado ni nos habíamos visto con una mirada que fuera más allá del cariño. El barco zarpó al amanecer y, semanas más tarde, luego de una larga travesía, en la que no compartimos ni una sola palabra, llegamos al puerto de La Guaira convertidos, para efectos legales, en marido y mujer».

Cuando las partes en conflicto firmaban un armisticio, cuando los combatientes se resguardaban en sus casas y los militares exhaustos dormían en los solares de las areperas, un brote de criaturas amorfas surgía desde los márgenes del Guaire. Familias incompletas (sin brazos, sin piernas, con rostros desgraciados) salían a la calle en busca de alimento. Abrazaban los postes, rasgaban las bolsas negras, se comían hasta el plástico. Entre Las Mercedes y la Universidad Bolivariana se extendía un vasto relleno sanitario compuesto por las sobras de restaurantes insalubres y los escasos desechos de los vecinos en quiebra. El escenario de la noche era más agradable que la soledad de mi cuarto.

Tatiana se fue. Ante la evidencia del engaño, recogió algunas cosas y se largó. No dijo nada. No hubo explicaciones ni justificaciones improvisadas. Solo silencio, un silencio letal e implacable. Yolanda no sabía qué decirme. Me cansé de pedirle que hablara con Tati, que le dijera que necesitaba hablar con ella. Nuestra relación era distante y formal. A pesar de que había sido la madrina de mi boda, nunca dejó de llamarme *profe*. La locura me cegó; me quité la correa y me la enredé en el cuello, dispuesto a colgarme de una lámpara. Las madrugadas eran un castigo severo, porque sumado al desconcierto que me generó su mutismo, mi cabeza no paraba de recrear los episodios descritos en las conversaciones de WhatsApp. No reconocí a Tatiana en esa correspondencia. Jugaban a degradarse. Se regodeaba en la lascivia, disfrutando un asedio grosero y agresivo, pidiéndole que le jalara el pelo, que le empujara la cabeza y la asfixiara con su sexo, que le llenara la garganta de semen. Intercambiaban fotos. Encontré una docena de imágenes de un pene trigueño y erecto, empapado, acompañado de emoticones felices. El cuerpo diminuto de Tatiana aparecía enmarcado en nuestro baño, con mi cepillo de dientes al fondo, su frasco de perfume y la baldosa rota. Si todo hubiera sido un ejercicio de imaginación, mi desconsuelo no habría sido tan hondo, pero Tatiana y Óscar evocaban encuentros reales, hablaban de cosas que habían sucedido y que querían que volvieran ocurrir. Mi hombría se deshizo, mi virilidad sufrió una pérdida irreparable, porque mi sexualidad con

Tatiana nunca había alcanzado las cuotas de transgresión que ella compartía con su joven amante. La fogosidad de los escritos, el nivel de detalle, el placer manifiesto, me hizo pensar que nuestros actos de amor apenas lograban excitarla, que mi entrega le daba risa. Sabía que Tatiana era una piedra preciosa, algo que debía custodiar con celo y mantener a salvo. Siempre la traté con delicadeza, con sumo cuidado, con temor a romperla, pero Óscar le ofrecía una brutalidad que parecía gustarle y que ella demandaba con urgencia. Corría por el apartamento con la correa amarrada del cuello, tratando de alejar las palabras punzo penetrantes, así como, en las madrugadas, espantaba los zumbidos de los zancudos. No era ella, no era su lenguaje, no era su intimidad. *Te quiero en mi boca. Déjame hacerte llegar.*

Los *emails* tenían más de seis meses de antigüedad. Se reencontraron durante las protestas, en una de las marchas de la autopista. Huyeron de la represión y se resguardaron en un apartamento. Las primeras conversaciones fueron amables y exploratorias. Supe que habían tenido un romance infantil en bachillerato, una historia inconclusa. «Quiero que vengas a mi casa, tenemos un asunto pendiente», escribió él. Recordaba la fecha. Aquella tarde, Tati me dijo que tenía una cita con el dentista. El dolor me llevó a condenar mi atrevimiento. Lamenté haberla descubierto y haber revisado

EL SÍNDROME DE LISBOA | Eduardo Sánchez Rugeles

su teléfono. Aunque no nos habláramos, aunque me diera la espalda al dormir y se encerrara en el baño para mandarle fotos a su amante, necesitaba tenerla cerca, sentir que estaba ahí, en otro lugar, pero a mi lado.

Leí las conversaciones y los correos una sola vez, sentado en el piso, mientras ella se duchaba. Después de la cita con el dentista, comenzaron a verse una vez a la semana. Luego, en las noches, recordaban por WhatsApp lo que habían hecho y se planteaban nuevos desafíos; compartían emociones intensas, posiciones de goce, enlaces a clips de pornografía y acoplamientos elásticos. Siempre me decía que estaba con Yolanda, pero por lo que pude leer, su mejor amiga parecía actuar como una especie de conciencia. «Chama, sé que no es mi peo, pero se te está yendo la mano, eres demasiado boleta, todo el mundo sabe lo que está pasando con Óscar. ¿De verdad, marica, Óscar? *What the fuck?*». Tati no le decía nada, solo le cambiaba el tema o le daba instrucciones para una nueva coartada. «Si el Profe me pregunta si estás conmigo, no sé qué coño voy a decir». La réplica de Tatiana fue un balazo en la boca del estómago. Su respuesta arremetió contra todo, se llevó por delante nuestra historia, nuestro compromiso, nuestro encuentro en Greenwich, nuestra amistad, nuestros sueños dejados a la intemperie. «Fernando es un güevón». No lo soporté, apagué el teléfono.

Me levanté mareado, fui hasta la cocina. Metí el celular en el microondas. Le di la vuelta a la rueda, seis o siete minutos. Salí corriendo. Me refugié en la calle, entre los buscadores de oro. Cuando regresé, Tatiana había recogido sus cosas. Sobre la nevera, en un desvencijado *Post-it*, una pírrica nota: «No puedo hablar ahora. Dame tiempo, date tiempo. Perdón».

A veces pasaba por La Sibila. Me gustaba pasar las noches conversando con Macario, pero las ausencias del guachimán eran cada vez más frecuentes. Tenía un hijo enfermo de cáncer en los Valles del Tuy, casi siempre estaba borracho, a la espera de un milagro. Su presencia era una incitación al asalto, aunque en la casa no había nada que robar, había sido saqueada muchas veces y no quedaban objetos de valor, más que la utilería de las obras pasadas, cubierta de moho y huevos de cucarachas. Una noche cualquiera, después del abandono de Tatiana, tras compartir un par de cervezas con Giménez, decidí acercarme a probar suerte. Era tarde, casi medianoche. Macario no estaba. Cuando abrí la puerta, sentí ruidos en el interior de la casa, risas febriles y voces cantando. Mi aparición repentina los asustó, eran Jacobo y Mimi. Ocultaban algo, lo intuí desde el principio, pero no le di importancia. Custodiaban la puerta del depósito, la habitación de trastos a la que iban a parar los desperdicios, susceptibles de convertirse en utilería. Mimi me tomó la mano y me llevó hasta el patio, me ofreció una cerveza. Me agradó encontrarlos. Giménez no era el interlocutor más agradable y los enfrentamientos dialécticos entre el chino Wong y Ascanio no tenían ningún atractivo para mi corazón enfermo. Necesitaba encontrar una brújula, lanzar un cable a tierra y, por alguna razón indescifrable, mis estudiantes me ayudaban a ver las cosas en perspectiva. Nos sentamos en el patio, sobre la tarima de madera mojada. Brindamos por el fin del mundo. La cerveza estaba amarga y caliente, parecía té. Jacobo se quedó dentro de la casa, moviendo cosas de un lugar para el otro. No les pregunté qué hacían, no me importó. «Profe, ¿cómo está?». La traición de Tati era una noticia pública, un rumor intrascendente que circulaba por los recovecos de la Miguel Ángel, en los intersticios de la batalla. Las clases estaban suspendidas desde hacía días. Habría elecciones municipales y la implementación del Plan República requería de varias semanas para el acondicionamiento de las escuelas. Mentí, improvisé fortaleza. Le devolví la pregunta. Me extrañó verla sola, sin su guardián perpetuo. «Román es un imbécil. Nada. Peleamos, pero ya se nos pasará. Siempre peleamos. ¿Puedo preguntarle algo?». «No sé si tenga la respuesta, Mimí». Dejé la botella a un lado, el caldo era intragable. «El amor, ¿por qué se acaba?». No pude evitar reírme, era la primera vez que lo hacía desde que descubrí la clave del teléfono de Tatiana. Me pidió que no lo hiciera, me dijo que hablaba en serio. «Usted, que todo lo sabe, debe tener la respuesta». Mi sabiduría supuesta seguía resultándome un enigma, pero los muchachos tenían la impresión de que era una especie de gurú, de que podría ofrecerles lúcidos consejos para cada una de sus cuitas. No fui capaz de argumentar, no pude decir nada. «Amo a Román, estoy enamorada de Román, quiero pasar el resto de mi vida con Román. Puede ser cursi, sí, pero es así, y qué, ¿soy estúpida por eso?». «No, Mimi, no eres estúpida, eres joven, que es parecido, pero no es lo mismo». «Pero, entonces, ¿por qué las cosas cambian, por qué la gente deja de quererse?». «Porque con el paso del tiempo surgen otros intereses, conoces a otras personas, maduras. La vida te lleva por nuevos caminos. No hay mala fe en eso, es el devenir». «Pero yo no quiero que las cosas cambien, no para nosotros. A mí no me interesa seguir otro camino ni conocer a otras personas. Yo quiero madurar con Román, crecer con Román, tener hijos con Román, hacernos viejos». Alguna vez, meses antes de Lisboa, discutí con Tatiana por una tontería. No quería estar en la casa, tomé una paca de exámenes y me fui a corregirla a La Sibila; era de noche, pero no tan tarde. Macario no estaba. Cuando entré a la casa, escuché los gemidos. No entendí lo que ocurría, me acerqué con sigilo, temeroso de que se tratara de un asalto. En el medio de la sala, bajo la luz intermitente de la luna que se colaba a través de las ventanas,

Mimi y Román hacían el amor. Se acoplaban despacio, sin grandes aspavientos. No me atreví a interrumpir el ritual. Salí sin molestarlos. Me enterneció su encuentro, su refugio sentimental. En esos días, la ciudad era un infierno. Ocurrió, más o menos, cuando capturaron a Marcel, cuando el asedio contra los manifestantes se hizo más inclemente. El encuentro inesperado con los amantes me dio un soplo de paz y de esperanza. Me gustó saber que, a pesar de que habían sacrificado su juventud, tenían tiempo para hablar de amor y para hacerlo, en medio de la guerra. «¿De qué se ríe?». «No me río». Elegí las palabras, pensé bien lo que quería decir, no pretendía desilusionarla. «Madurar con otra persona, crecer a su lado, exige mucha paciencia. El amor verdadero es un poquito más difícil que el que puedes encontrar en los libros o en las películas. La vejez que anhelas tiene sus atractivos, pero no es tan romántica. Tendrás dolores, achaques y manías. Si, llegada cierta edad, no has cumplido con tus expectativas, puede que tu carácter se haga un poco más áspero. Compartir tu vida con otra persona, estar ahí, día tras día, es más complicado de lo que parece». «¿Por qué?». «Porque ahora tú vives en casa de tus padres, eres estudiante, no trabajas, manejas un dinero que no produces. Supongo que Román está en la misma situación». «Román trabaja». «Lo sé, pero nadie se gana la vida haciendo tatuajes. No es suficiente,

Mimi, y menos en este país». «No vamos a vivir aquí, queremos irnos». «¿Irse a dónde? El mundo ya no es lo que era. Europa dejó de ser un destino, las líneas aéreas están colapsadas. No hay pasaportes, no podemos salir». Escuchamos un ruido. Algo se cayó en el interior de la casa. «¿Qué está haciendo Jacobo?». «Nada, no le haga caso. A veces duerme aquí, Macario le abre la puerta. Su papá llegó borracho. No su papá, el otro, el policía, ¿sabe? La vida de ese carajito es un infierno, pero él es feliz. Si me hubieran pasado la mitad de las cosas que le han pasado, no sabría cómo reírme». Apoyó su cabeza en mi hombro, me pisó el pie izquierdo. «¿Entonces, tengo que asumir que mi relación con Román terminará, que, a la larga, no significará nada, que se quedará ahí, que lo olvidaré, que conoceré a otro pendejo y me enamoraré, que me gustarán otras cosas? Es triste, ¿no?». «No necesariamente». «¡A veces lo odio! —me dio un golpe en la cabeza, leve, lúdico—. Lo odio cuando no dice nada, cuando responde esas cosas intermedias —se burló, imitó mi acento—: "no necesariamente", "supongo", "puede ser", "es sugerente", "es atractivo", "es interesante". No estamos en el salón, puede ser honesto conmigo. ¿Usted dejó de amar a su esposa?». Golpe bajo. El silencio le mostró mi incomodidad. «Perdón, no quise decir eso. *Sorry*». «No, está bien, Mimi, no importa. Yo nunca podré dejar de querer a Tati». «Y yo nunca podré dejar de querer a

Román». «Tú tienes diecisiete años, yo voy a cumplir cuarenta y cuatro». «Hablemos, entonces, dentro de veinticinco años, le prometo que Román y yo estaremos juntos; es más le pediremos que sea el padrino de la boda». «No lo creo, Román me odia». «No seas gafo. Román no te odia, te admira». Mimi y Román, para muchos de mis colegas, eran una pareja incomprendida, porque María Victoria era bonita e inteligente, responsable, disciplinada, mientras que Román tenía los atributos de un mendigo. No le interesaban las clases. En cuarto año, desertó sin conflicto, abandonó el colegio y se dedicó al arte del tatuaje. Frente a los profesores, era odioso y hostil. No tenía formas, ni cortesía ni vocabulario. A mis compañeras mujeres les parecía un muchacho desagradable, porque daba la impresión de que no se aseaba, de que nunca se lavaba el pelo. Román acompañaba a Mimi todas las tardes al teatro, contemplaba los ensayos sin inmutarse. Conmigo era respetuoso, pero distante. Cuando hicimos *Un enemigo del pueblo* lo invité a participar en el montaje, en la parte técnica. Al principio, mostró cierta reticencia, pero luego se sintió a gusto. Incluso hizo sugerencias valiosas sobre los efectos de iluminación con linternas cosidas a las ropas. La conversación dio un giro. El cierre del colegio era inevitable, ni siquiera había presupuesto para organizar el acto de grado. La notificación administrativa que había recibido La Sibila parecía seria. Nos quedaríamos sin escuela, sin teatro, sin lugar de recreo. No me di cuenta, no lo hice a conciencia, pero me desahogué con Mimi. Le conté parte de mi cansancio laboral, de mi incapacidad física para ir y venir de un salón de clases a otro, de corregir más de cuatrocientos exámenes sobre asuntos sin importancia. Había perdido la esperanza, la fe. No tenía ganas de trabajar, me sentía inútil y vencido. «Profe, usted no puede derrumbarse. Si usted se cae, nosotros... —hizo un gesto con las manos, como de algo que se estrellara contra el suelo—. No vuelva a decir eso. No vuelva a sentir eso. Fernando, es en serio, para nosotros, tú eres Dios». «Mira a tu alrededor, María Victoria. Yo no he hecho nada. No soy más que un encantador de serpientes, un vendedor de humo. Este patio, esta casa, es mi pequeño mundo. No tengo nada más». «Y para nosotros es suficiente. Y sí, qué importa, a lo mejor nos hiciste con barro, con cagadas de perro, pero estamos aquí, este teatro es lo único que tenemos, es nuestro paraíso».

Me acordé de Carmelo. En medio de la charla, el nombre de mi mejor amigo, con el que tuve la idea de fundar aquel centro cultural, apareció de improviso. Le conté mi pesar ante la soledad de su sepelio. Nadie estuvo ahí, nadie acompañó sus exequias. Después de años de compromiso profesional, ningún estudiante tuvo la amable iniciativa de acercarse a despedirlo. Intuí que me ocurriría lo mismo, el día que una bala perdida me hiciera caer en medio de la autopista. Mimi tardó en responder. Tuve la impresión de que quiso decir algo, pero se contuvo. Retomó el uso del *usted*. «Profe, no... No puede compararse con Carmelo, no haga eso». Carmelo era mi compañero de viaje. Nos graduamos juntos en el Pedagógico, trabajamos en los mismos colegios (en el Atenas, en el Santo Tomás, en el Fray Luis), estábamos llenos de proyectos. «Él no era como usted, créame. Si se quedó solo, si se murió solo, fue porque se lo buscó, y no le diré nada más, porque usted es bueno y sé que no le gustaría saber algunas cosas». Había tocado fondo, ninguna información podría llevarme más abajo. No había vuelta atrás. La interrogué con la mirada. «No todo el mundo es bueno, Profe —amasó sus brazos descubiertos, ateridos de frío—. Carmelo era un tipo raro, muy raro. Le gustaba mirarnos, nos pagaba por mirarnos». No podía replicar, no sabía hacerlo. Mi rostro perdió forma, me quedé sin aliento. «Una vez le dijo a Román que le gustaría mirarnos, ¿entiende?, que nos daría dinero por eso, por vernos tirar, hacer el amor. Y nos ofreció plata, buena plata. Lo hicimos dos o tres veces, íbamos a su casa. No me gustaba, pero utilizábamos el dinero para ir al cine, para salir y divertirnos. ¿De qué otra forma cree que habríamos conocido el Cine Citta? No éramos los únicos, lo hacía con varias parejas, con gente de otros años. Profe, ¿de verdad no lo sabía? Todo el mundo sabe que Carmelo era un pervertido. Nunca nos tocó ni se acercó. Se sentaba al fondo, pero nos decía cosas, nos pedía cosas; que lo hiciéramos así, que hiciéramos aquello, que jugáramos con esto. Lo odiaba. Era asqueroso, se tocaba, se tapaba con una sábana y se tocaba. La tercera vez que fuimos quiso grabarnos. Le dije a Román que prefería pelar bolas el resto de mi vida antes que tener que volver desnudarme delante de ese infeliz. Después lo mataron, quién sabe cómo y por qué. Es en serio, profe. No se compare con Carmelo. No me alegró su muerte, pero tampoco la lamenté. Cada quien se busca su suerte. Olvídese de ese carajo, usted le queda grande». Me besó en la mejilla. Me incomodó (más aún después de lo que acababa de contarme), me sonrojé por el gesto. Siempre sospeché que María Victoria era mi remitente romántica, la que me dejaba poemas de Mario Benedetti sobre el escritorio, después de las clases de Historia del Arte. A veces los leía con Tatiana, para burlarnos de la cursilería de mi admiradora anónima. Mimi me tomó la mano, fijó los ojos en las nubes negras. «¡Ay, profe, ¿será que se nos va a acabar el mundo?».

Jacobo salió al patio, quise retirar mi mano, pero ella me apretó con más fuerza. Notó mi malestar. Me dijo con la mirada que no le diera importancia, que no había malicia en su tacto. Jacobo apareció recitando un centenar de conjuros contra la

Revolución. Me contó que estaba escribiendo una canción de reguetón llamada *La ciudad de la sarna*. Compartió algunos versos: *Todos tenemos sarna / para comprar el champú necesitas el carnet de la patria*. Mimi se burlaba de sus rimas rebuscadas y su coreografía saltarina. El joven rapero me confesó que abandonaría los estudios, que si cerraban el Promesas su mamá no tendría plata para pagar otro colegio. No supe consolarlo, no tenía argumentos. Solo en el Municipio Libertador habían cerrado más de doscientas escuelas. Las pocas que quedaban estaban colapsadas, sin profesores ni presupuesto. Sentí pena por él, era un muchacho talentoso, con un potencial inmenso. «¿Qué te hubiera gustado ser?», pregunté de improviso. Lamenté la elección del tiempo verbal, daba por supuesto que sus aspiraciones se quedarían a medio camino. Replanteé la pregunta, subrayando el presente. «¿Yo? Cantante, qué más. No quiero serlo, ya lo soy. Me gustaría ser como Drake». Nunca antes había oído hablar de Drake. «Profe, por favor. No me diga que no sabe quién es. Entonces, estamos tablas, yo no sé quién es Leonardo da Vinci y usted no sabe quién es Drake». El tono de voz cambió, interrumpió la risa. «Yo no voy a ser nada, Profe. En este país uno no es nada. Bueno, sí. Un güevón. ¿Qué más? Aquí vivimos y morimos puros güevones. ¿Y tú, Mimi?». Esquivó el asedio, pasó la pelota. «Una güevona como tú, mi Jacobo —carcajadas—. Aunque, cuando estaba chamita, me hubiera gustado ser algo. ¿Adivinan?». Recordé su actuación en *Ricardo III*, su soltura, sus aptitudes innatas para flotar sobre las tablas. No era una actriz profesional, pero tenía el garbo, el gesto, la disciplina, la voluntad de aprender. Aventuré mi respuesta. Para mi sorpresa, dijo que no. Abrió su bolso. Conectó su iPod a un juego de cornetas. «No se burle, ¿sí? Y tú te callas —señaló a Jacobo—. Es una ridiculez, pero es mía y alguna vez soñé con esto». Pulsó algunos botones. Comenzó una pieza instrumental, delicada, ligera. Me olvidé de todo, del fin de Lisboa, de la traición de Tati. Durante unos minutos, mi pensamiento se quedó en blanco. «Cuando estaba chiquita, mi mamá me inscribió en clases de ballet. Me gustaba mucho, me gusta, todavía veo algunas cosas por YouTube, pero cuando pasé a séptimo cerraron la escuela, las pocas academias que quedaban en Caracas eran muy caras». Mientras hablaba, improvisaba algunos movimientos, calentaba, estiraba las manos. «Me hubiera gustado seguir, pero en este país uno no hace lo que le gusta sino lo que le toca. Esto es lo que quería hacer, lo que siempre quise hacer, aunque ya se me pasó el tiempo». Juntó las piernas. Se paró de puntillas, alargó su brazo derecho y cerró los ojos. El adagio de *La bella durmiente* de Tchaikovski acompañó su baile en el patio. María Victoria giró sobre sí misma, inició un baile lento, rítmico, acorde con la melodía suave y onírica. Tenía técnica, sabía lo que hacía, aunque le faltaba práctica. La simetría entre sus movimientos y el crescendo orquestal era perfecta, como si la música la tomara por los hombros y la llevara a pasear por el aire. Había armonía entre sus partes, entre sus hombros y sus rodillas, entre su gesto concentrado y los pies diminutos. Lamenté su infortunio. No pude evitar pensar que si hubiera nacido en otro lugar, en otro momento, si hubiera crecido en un contexto menos envilecido, habría podido demostrar su talento. Me la imaginé triunfando en prestigiosos escenarios, en el Lincoln Center de Nueva York, en el Palacio Garnier o en un remozado Teresa Carreño, llamando la atención de la crítica especializada, recibiendo elogios de bailarines de prestigio, rasgando el cielo con las manos. Hizo un arco sobre su cabeza, levantó la pierna. Imaginé su nombre escrito entre bambalinas, en los titulares de la prensa cultural, protagonizando montajes de grandes presupuestos. No tenía la menor duda de que María Victoria, si hubiera tenido la oportunidad, habría sabido aprovecharla, pero, como muchos de mis estudiantes, estaba hacinada en nuestra celda, en *la ciudad de la sarna*, descrita por Jacobo en su poema épico. Sabía que pasaría por el mundo sin dejar huella, prisionera del olvido y la indolencia de un país hepático, condenado a autodestruirse. En el último movimiento tropezó, cayó de rodillas. «Eres una dura», dijo Jacobo, acomodándose en una silla, ovillado, dispuesto a dormir a la intemperie. Le expresé mi admiración, le di un abrazo. Mentí: le dije que el triunfo era posible y que, si se empañaba, si ponía de su parte, podría cumplir todos sus sueños.

Había llegado la hora de partir. Decidí regresar a la casa, a mi soledad doliente. Antes de salir, Mimi me alcanzó en la puerta, me tomó las manos. Me dio un fuerte abrazo. «¡Profe! No quiero que estés triste. No te lo mereces. Hazlo por nosotros, anda». No sé cuánto tiempo pasamos abrazados. Fue un abrazo honesto, sin malicia, una muestra de cariño genuino, aunque, quizá, si algún maledicente nos hubiera visto, habría sacado conclusiones erradas. «Mimi, ¿qué te pasa?». Había lágrimas en sus ojos, inmensas, incontenibles. Se limpió con la manga del suéter. «Te guardaré el secreto, Fernando, pero, por favor, nunca vuelvas a decir que la única cosa que vale la pena en nuestras vidas de mierda no tiene ningún sentido para ti. No es justo».

V. *Adagio*

Las paredes del colegio temblaron con estridencia. Los cristales de las ventanas estallaron en pedazos. Un zumbido agudo y abrasivo nos reventó los tímpanos. «¡Los chamos! ¡Los chamos! ¡Se están llevando a los chamos!», gritó una voz de mujer. Me apoyé en el marco de la puerta, aturdido por la sordera. La explosión fue inmensa. La estación de servicio PDV en Las Mercedes voló por los aires como parte de una estrategia de sabotaje. Los cuerpos quemados buscaron aliviar sus heridas en el Guaire. Cuando llegó el Ejército, los combates se dispersaron hasta la avenida Miguel Ángel. El Municipio Baruta se convirtió en un cuartel al que se habían trasladado todas las unidades del Fuerte Tiuna. Tanquetas y ballenas bajaron desde la montaña, cortaron el acceso a Las Mercedes y Los Chaguaramos. Sobre el elevado, se formó un cordón de la Guardia Nacional reforzado por integrantes de los colectivos y funcionarios del SEBIN.

En las últimas semanas, vivíamos una guerra de guerrillas,

impredecible y anárquica. El control absoluto de las redes sociales no perjudicó las convocatorias a las marchas. Los liderazgos de la oposición, desaparecidos o encarcelados, tampoco se echaron en falta. El inconformismo, la humillación y el hambre establecieron la agenda, sin horarios estrictos. La voluntad de confrontar a los militares dejó de ser un derecho, era una pulsión, un instinto. Desarmados y famélicos, sin expectativas de triunfo, los protagonistas de la rebelión habían decretado la guerra a muerte, conscientes de que eran el bando más endeble. Ocurrió en El Paraíso, en Montalbán, en el centro, en Santa Mónica, en Santa Fe, en Petare y, con especial encono, en la avenida Miguel Ángel de Bello Monte. «¡Se están llevando a los chamos!», repitió la voz de mujer. Era Julia, apoyada en la puerta de la oficina, con el pelo manchado de aserrín. La explosión de Las Mercedes tuvo una réplica. La llamarada crecía hasta el cielo encapotado. El Ejército no tuvo reparos, atacó a los manifestantes con artillería. En cuestión de segundos, destruyeron la línea de guarimbas. Las brisas de humo negro llegaban hasta el colegio. Un olor a pimienta me quemó la garganta, no podía respirar. Bajé hasta la Miguel Ángel procurando resguardarme, paralizado por la agorafobia, por el gentío que corría en todas las direcciones. Reconocí a Esteban. Me obligó a bajar la cabeza, me entregó una franela impregnada en vinagre. Los disparos y los ayes acaparaban el aire. Desde los apartamentos, a través de las ventanas rotas, se escuchaban gritos de consignas angustiadas: «¡Malditos! ¡Malditos!». Recuperé el aplomo. Logré alejar a los demonios, silenciar el sonido de la escopeta. Le pregunté a Esteban por el resto del grupo, tenía la necesidad de salvarlos, de abrirles las puertas de La Sibila para que se ocultaran. Los vecinos corrían en desbandada. Los bancos de humo se desplazaban con el viento, dejando al descubierto las espaldas de los fugitivos, convirtiéndolos en blancos para los soldados que disparaban con saña. Por momentos, el fragor de la lucha parecía disiparse. Una especie de calma paralizaba la calle, la euforia colectiva se daba un mínimo respiro. Cesaban los disparos, hasta que un nuevo atropello llevaba los ánimos al límite. En Chacaíto y Las Mercedes la situación era grotesca, contaban los desesperados. Como en los caminos medievales, los moribundos eran apilados en carretas, en camionetas *pickup*, sin placas. Ascanio escondió a un grupo de muchachos en la papelería, Giménez y el chino Wong también levantaron las santamarías. En medio de la calle, el pequeño Jacobo sostenía un tambor, lo tenía colgado del pecho, lo golpeaba con sorna, mientras cantaba *La ciudad de la sarna*. Estaba sucio, cubierto de sangre ajena, pero mantenía una sonrisa inmensa. No paraba de cantar, de describir las tropelías de las que había sido testigo a ritmo de reguetón o de bachata, de transformar la desesperación en elegía. Jacobo era un niño de su tiempo. Su comprensión de la poesía tenía sus propios Homeros, sus referentes épicos personalizados. En sus rimas cabían las siglas de los asesinos, los nombres de los muertos, la libertad perdida, pero también la alegría, a la que no renunciaba; era conmovedor verlo alzar las rodillas en medio del desastre, marchar, tocar el tambor y especular en su canto con la remota posibilidad de nuestro triunfo.

Una patrulla de la Guardia Nacional se estrelló contra un poste, cuatro funcionarios armados se bajaron disparando a mansalva. Desde las ventanas cercanas, les llovían escombros, partes de lavadoras y neveras. El gordo Jeanco rompió la línea de vanguardia, se adelantó demasiado, lanzó una piedra que se estrelló contra el casco de uno de los gigantes. Los demás oficiales corrieron hasta alcanzarlo. Jacobo interrumpió el redoble del tambor, perdió la risa. «¡Jeanco!», gritó el reguetonero. Llegaron hasta él, lo tiraron al suelo. La cara del Gordo se dio de bruces contra el suelo. «¡Suéltenlo! ¡Suéltenlo!», arengaba el eco de los estudiantes. Uno de los oficiales se acercó a Jean Carlo, removió el percutor de su pistola, le apuntó en la sien, pero un golpe en el vientre lo hizo perder el equilibrio. La señora Hernández sobrevino de incógnito, como una aparición espectral. Con fuerza desmedida pasó entre los funcionarios y construyó una coraza alrededor de Jean Carlo. Abrazó a su hijo y permaneció clavada en el suelo, formando una impenetrable crisálida, un manto protector e irrompible. Le leí los labios, rezaba, no paraba de rezar, mientras los agresores le golpeaban las piernas con las culatas de sus fales. Le halaron el pelo, intentaron arrastrarla, pero la señora Hernández no se movía ni un milímetro, ni se quejaba, ni lloraba, era una estatua de piedra esculpida sobre el asfalto. Cuando el funcionario de mayor rango la pateó en la espalda, la multitud despertó, obligándolos a correr, a refugiarse en el carro y escapar en retroceso, atropellando niños de la calle. «¡Malditos! ¡Hijos de puta! ¡Desgraciados!». Jacobo reinició su canto, volvió a golpear el tambor y la señora Hernández, con las costillas rotas, se desplomó al lado de Jean Carlo, con el cuero cabelludo ensangrentado, pero protegida por una carcajada nerviosa.

La pesadilla no había terminado. Esteban y José Luis aparecieron en moto. «¡Profe, profe, La Sibila! ¡Quieren entrar a La Sibila!». José Luis me cedió su asiento, abracé la espalda de Esteban. Las protestas nunca habían llegado tan alto. La avenida Chama no solía ser un lugar de conflicto. Cuando llegamos, había menos ruido que en la avenida principal. Los vecinos comenzaron a reunirse alrededor del centro. Dos patrullas del SEBIN estaban montadas en la acera. Reconocí a Alexander, liderizando el allanamiento. En la barra de Giménez, se contaba que Prepucio era el más acérrimo e inclemente enemigo de Bello Monte. Siempre estaba ahí, acompañando las tropelías del SENIAT o el SUNDDE, vigilando el estricto cumplimiento de la ley contra los vecinos de Colinas. Me acerqué con prudencia, les di los buenos días, pero me ignoraron. Aunque estaban armados, la situación no era caótica. Tensa calma. Zozobra, inquietud en los rostros. Golpeaban la reja. «No es necesario romper la puerta, tengo la llave». Alexander, iracundo, ladró la orden. Intenté cumplirla, pero los golpes habían destrozado la cerradura. «Aquí no hay nada, Alexander». «Tenemos información de que este lugar es un centro de acaparamiento de armamento». El vocabulario castrense era un chiste; la jerga ministerial, odiosa. De alguna forma, tenía razón, había inteligencia en el teatro, en las artes, pero no me atreví a refutarlo con juegos de ingenio. «Este lugar es un depósito de armas. No juegue conmigo. Colabore y yo colaboraré con usted». La llave no funcionaba, desistí. Dio la orden, volaron el candado de un balazo. Abrieron la puerta principal, escuché el redoble del tambor, el canto cercano de Jacobo, que apareció a la distancia. La multitud se había congregado en la entrada de La Sibila. Ellos eran siete; nosotros, cincuenta, por lo menos. La aparición de Jacobo me hizo recordar la noche cercana, cuando Mimi me distrajo llevándome hasta el patio. Los oficiales entraron. «¡Alexander! ¡Usted sabe que yo no miento! Le garantizo que en esta casa no hay nada. Tiene mi palabra». Se paró frente a mí, me miró a los ojos con un inmenso reconcomio. Tenía un uniforme negro y, por lo menos, tres o cuatro pistolas entre el pecho y la cintura, pero algo me decía que seguía siendo el mismo carajito impresionable que no había superado el terror a la autoridad. Se mordió el labio. «Le estoy diciendo la verdad. Se lo juro por lo más sagrado. Solo encontrará… nada, utilería, pintura, vestuario. Cosas de teatro, aquí solo hacemos teatro». Aunque hablábamos en voz baja, nuestra conversación se escuchaba con reverberación. «Por favor, esto no es necesario, de verdad», insistí. El ruido del WalkieTalkie en su cintura vino en nuestro auxilio. Una voz entrecortada, amorfa, citando códigos ridículos, anunció que el conflicto se había agudizado en Las Mercedes, por lo que exigían apoyo inmediato. «Vámonos». No me quitaba la mirada. Se encendieron los carros. Me temblaban las piernas, había logrado salvarlos, los muchachos estaban en pie, completos, habían sobrevivido a otro día. Antes de que Alexander regresara a la patrulla, le incomodó el redoble del tambor; abrió la puerta, pero no se montó. Jacobo dio vueltas alrededor del carro, levantando las rodillas. Movía la cabeza hacia los lados, con una sonrisa inagotable, improvisando rimas sobre la sexualidad de los funcionarios, sus hábitos amanerados, su estulticia, su indigencia mental, su podredumbre. «¡Jacobo!», grité preocupado. Y la canción se convirtió en el relato de un hombre triste, frustrado por su impotencia y acomplejado por el tamaño diminuto de su pene. «¡Jacobo, basta!». Giraba sobre sí mismo, golpeaba el tambor con euforia, acompañando las estrofas improvisadas con un fatídico coro: «*Y le decían Prepucio / todos en el barrio lo llamaban Prepucio / era un infeliz al que le decían Prepucio*». «¡Jacobo, cállate la boca!». Cerré los ojos, escuché el estallido. Gotas de sangre me empaparon la cara. Silencio absoluto. Segundos después, eternos, intervino la turba: «¡Asesinos! ¡Asesinos!». Y sentí las arcadas en el vientre, caí de rodillas. Las patrullas se fueron, llevándose por delante a los vecinos que se atrevían a confrontarlos. No quería mirar, no me atrevía a mirar, pero los muchachos estaban desesperados, confiando en la templanza de mi autoridad desvirtuada. Abrí los ojos a desgana. El cuerpo de un niño yacía en medio de la calle, con un tambor apresado en el pecho. No había soltado las baquetas, las apretaba con fuerza, como si fueran un manubrio. No había perdido la risa, a pesar del agujero que tenía en medio de la frente. Mimi se arrodilló frente a él, lo llamó por su nombre, trató de levantarlo, pero nuestro Jacobo había desaparecido. Lo besó en la cabeza, le quitó la bandera de la cintura, se la enredó en el puño; tenía los colores gastados, entre la sangre y la mugre no se distinguía el número de estrellas. Los chicos formaron un círculo alrededor del cuerpo. Comenzó a lloviznar. Ni siquiera el cielo nos daba tregua. Dando tumbos, caminé hasta el interior de la casa, salté la reja rota. Tenía taquicardia, asma, alergia, ganas de vomitar. El disparo golpeaba mi cabeza, se confundía con el otro, el de la escopeta. Abrí la puerta del depósito, removí los biombos, la vieja utilería de *Un enemigo del pueblo*. Encontré el arsenal de artillería: las bolsas de escombros, los escudos de lata, las máscaras de Anonymous, las cartucheras rellenas de metras, los palos forrados con alambre, las chinas, los chopos, las botellas de vinagre, los Tupperware con latas de atún y de Diablito, el armamento de la rebelión vencida. Busqué la cobija con la que, en *Ricardo III*, habíamos cubierto el cadáver de Clarence. Regresé a la calle, la cabeza de Jacobo reposaba sobre las piernas de Mimi. Román le había quitado el tambor de las manos. Intenté hablarles, pero no me salía la voz. La lluvia, poco a poco, se convertía en aguacero. Andrea custodiaba el velorio, callada e inexpresiva. La lluvia que resbalaba por su cuello hacía llorar a la lagartija tatuada. Estiré la sábana sucia, con manchas amarillas en los bordes.

Esteban me ayudó a extenderla sobre los restos de un niño que nunca llegaría a parecerse al cantante llamado Drake.

«No hay imperio que merezca que por él se destroce una muñeca de niña. No hay ideal que valga el sacrificio de un tren de hojalata», declamó Moreira entristecido. Me sirvió un vaso de vino. Ordenó la mesa antes de sentarse. «No crea, Fernando, que un hombre humilde como yo, de inteligencia discreta, puede sacarle brillo a las palabras para embellecer las realidades más atroces. Eso no lo dije yo, eso lo dijo el señor Pessoa, quién tenía la extraña costumbre de cambiarse el nombre y pasar por la vida con una maleta llena de máscaras». El asesinato de Jacobo reforzó mi autodestrucción. No pude volver a levantarme de la cama. Fui penetrado por la Nada, envenenado por el vacío. No tenía sentido seguir adelante ni intentarlo. No sentía frío ni hambre, a pesar de que, desde hacía días, había dejado de comer y la bruma perpetua traía brisas heladas que congelaban el cuarto. El profesor Monagas dio la última estocada. Un mediodía cualquiera, me dejó un mensaje en el teléfono: cerrarían el Promesas Patrias, ni siquiera terminaríamos el tercer lapso, pero por orden ministerial se les otorgaría el título de bachilleres a los

estudiantes del último curso. La situación era insostenible, advirtió el director. No teníamos capacidad logística ni económica para mantener el colegio.

El marasmo, el hastío absoluto, me sacó de la casa, convertido en un indigente. Caras conocidas hacían cola frente a un camión de basura accidentado; pasé de largo, indiferente a la humillación compartida. La desgracia del vecino apenas llamaba la atención. Todos habíamos tocado fondo. Sin expectativas, sin emoción alguna, me dirigí hacia el Centro Polo, entre las miradas de desprecio que ostentaban los comensales del Cine Citta. Moreira presentó sus respetos. La muerte del niño de aires graciosos que lo había conmovido en *Ricardo III* lo mantuvo en vela durante varias noches. Sirvió dos copas de vino, abrió una lata de aceitunas. «Si no le importa, seguiré contándole mi historia para que, durante unos minutos, olvide sus tribulaciones. No tiene buen aspecto, querido amigo. Necesita darle un poco de aire al pensamiento, dejar de preguntarse qué hubiera pasado si esto o si aquello. Le pido que me escuche con paciencia. Si se aburre, espere. Le repito que las correspondencias entre las vidas humanas son impredecibles y puede que una parte de las cosas que me tocó vivir lo ayuden a recuperar la fe perdida. A pesar de todo, Fernando, a pesar de lo que ocurrió en Lisboa, a pesar de la ferocidad de los malvados por destruir a su propio pueblo, creo en la bondad de Dios. Tengo la certeza de que todas las cosas vividas forman parte de un plan que no podemos entender. No desfallezca, amigo. Acompáñeme a desembarcar en La Guaira y a desentrañar los hilos de nuestras vidas paralelas. Hagamos un esfuerzo por comprender lo imposible.

»El viaje a Venezuela duró quince días. Agustina permaneció en silencio a lo largo de la travesía. Rechazaba los alimentos, incluso el agua. El magno espectáculo del mar no la conmovía ni la impresionaba. Tenía la mirada perdida en el horizonte portugués, en el mundo propio que dejaba atrás. Ni siquiera sabía a dónde íbamos. Esa muchacha no era consciente de que nuestra salida improvisada de Lisboa le había salvado la vida. Hicimos escala en las islas Canarias. El paso de los días acentuó su mutismo, comencé a preguntarme si había hecho lo correcto. La tristeza no hacía más que expandirse, como un tumor maligno. Mis decisiones mostraron sus primeras fisuras. Caí en cuenta de que había cometido un delito, de que era un criminal. Ante las autoridades del puerto, la presenté como mi mujer. No había vuelta atrás, para escapar del castigo de la PIDE tendríamos que comenzar desde cero en un país desconocido llamado Venezuela.

»Lourenço nos buscó en La Guaira. No se acordaba de

Agustina. Cuando él emigró, la hija del señor Urbano era una niña pequeña, a la que había olvidado por completo. Mis primeros recuerdos de Venezuela son vagos e imprecisos. El idioma fue mi primera sorpresa. No entendía nada. Las personas hablaban demasiado rápido, con un ritmo frenético y festivo. No se parecía al español pausado de nuestros vecinos zamoranos. La lengua del Caribe era una fuerza verbal que al principio me resultó muy brusca. También me impresionó la montaña, la cima gigante que me recordó los paisajes de Nogueira, pero sobre todo el calor, la persistencia de un sol aguerrido que no nos daba tregua y al que hoy echamos de menos. Todas estas cosas pasaron desapercibidas para Agustina, porque una parte de ella seguía confinada en Lisboa, en una celda de castigo que parecía ser más atractiva que la libertad en América. Mi nueva mujer era un espectro, indiferente al efecto letárgico de la ciudad moderna, porque aquella Caracas, con sus enormes autopistas, con sus luces y fiestas, hacía ver a Lisboa como una Nueva Gouvinhas. Al lado de las cosas que encontramos acá, éramos una aldea.

»Lourenço era un hombre de pocas palabras. Nunca expresaba sus emociones, en caso de que las tuviera; su radical aislamiento nos mantuvo alejados de las asociaciones de inmigrantes. Nosotros nunca fuimos al Centro Portugués ni nos relacionamos con las personas de Madeira. No le gustaba Madeira, decía que eran africanos; para mi hermano, Portugal terminaba en el Algarve. No tenía muchos amigos, sabía delimitar sus afectos y prescindir del gentilicio. Desde el principio, dejó claras sus condiciones: "Aquí no se viene a jugar. Nadie te dará nada. El trabajo es lo único que te permitirá salir adelante". Nada le resultaba más antipático que el ocio. Tenía mal genio, pero en el fondo era buena persona. ¡Cómo me cuesta decir *era*! Hace unos meses, podíamos decir *es*, pero ahora sabemos que lo alcanzó el paso del cometa. ¿Qué pasará ahora con nuestra correspondencia o con las postales de Navidad? ¿Quién me enviará nuevos libros? Lourenço estaba enfermo, tenía muchos años esperando recibir la noticia de su fallecimiento; estaba preparado para levantar el teléfono y escuchar el anuncio de Teolinda, pero no para enfrentarme a la idea del fin de los tiempos. Me gustaría que hubieran logrado salvarse, pero en beneficio del corazón, seguiré hablando en pasado. Algunas esperanzas son más razonables que otras, menos dañinas.

»Las taras sociales de mi hermano eran reemplazadas por la bondad de su mujer, la buena Teolinda —Moreira se secó los ojos. Mantuvo el silencio por unos minutos, hasta que logró recomponerse. El analgésico hizo efecto, su historia había logrado cautivarme—. Los primeros años en Caracas fueron duros. La paciencia de mis parientes fue comprensiva e infinita. La convivencia con otra persona no era mi fuerte. Mi experiencia como marido no era la más afortunada. El odio de Lucía fue reemplazado por la indiferencia absoluta de mi nueva mujer. Agustina no hacía nada. No sabía hacer nada. No le gustaba el lugar en el que vivíamos, en el Prado de María. En su casa de Benfica, tenía una habitación propia, contaba con empleados que podían hacer y deshacer cada uno de sus caprichos, pero ahora debíamos compartir un estrecho cuarto de pensión, un baño sin puerta y una cama chirriante. No quería incomodarla ni faltarle el respeto. Le entregué la cama en propiedad. Me acostumbré a dormir en el suelo de cemento y a hacer mis necesidades en el baño del abasto, del otro lado de la calle. Lourenço no me dio tregua, llegamos a Caracas un miércoles y el jueves al mediodía ya estaba trabajando. Al principio no pudo pagarme, pero sustituyó mis honorarios por techo y comida. Me dijo que, pasados los años, si mostraba el compromiso suficiente, sabría corresponder a mi esfuerzo. Mi hermano era socio de una agencia de festejos que, en aquellos años, comenzaba a consolidarse. No teníamos horario. No me costó adaptarme. Desde que tengo uso de razón, he sido un siervo. Agustina se quedaba en la casa, muerta en vida. Teolinda le llevaba comida, pero las bandejas se quedaban intactas. Ocurrió lo inevitable. Lourenço se molestó: "Tenemos un problema.

Aquí todos tenemos que trabajar y su mujer es un lastre". Teolinda lavaba la ropa de los vecinos, hacía remiendos, planchaba y cocinaba para los otros habitantes del barrio. Necesitaba ayuda, pero yo sabía que Agustina no estaba dispuesta a rebajarse. Lourenço amenazó con echarnos, con alquilar el cuarto a otras personas. No le gustaba la gente perezosa, como los criollos, porque mi hermano decía que los criollos eran flojos, que no les gustaba hacer nada, más que emborracharse y vivir la vida como si fuera una parranda. El General Pérez Jiménez era una figura venerada en la casa del Prado de María. La pequeña agencia se había formado durante la dictadura. No hubo plan concreto. Una cosa llevó a la otra. Durante un tiempo, mi hermano trabajó como mesonero en el Salón Venezuela del Círculo Militar, allí conoció a otros portugueses del norte que intuyeron el potencial comercial de las fiestas. La sociedad dio frutos, pero todo cambió después de los sucesos del año cincuenta y siete. La multitud despertó de repente, incómoda con su pasado inmediato. Los desafueros de la dictadura depuesta comenzaron a buscar chivos expiatorios y los inmigrantes pagaron los platos rotos. El extranjero pasó a ser visto como un colaborador de la tiranía. La buena fe dejó de ser un criterio laboral, la palabra de los hombres perdió carácter moral, porque los oficios se profesionalizaron y para hacer cosas que antes podían hacerse por méritos propios, comenzaron a pedir permisos sanitarios, especializaciones e inentendibles gestiones burocráticas. Mi hermano tuvo que adaptarse, someterse al riguroso escrutinio que sobrevino con la democracia, una palabra rimbombante que nadie entendía, pero que parecía ser mejor que el régimen revocado.

»Lourenço me recordaba a mi padre. Teolinda nos salvó de su furia. "No se preocupe", me dijo sonreída. "Mi marido ladra, pero no me muerde, déjelo en mis manos. Le prometo que las cosas cambiarán. Dele tiempo a la niña", pero las cosas no cambiaron. El desconsuelo de Agustina era inagotable. Muchas veces, durante las madrugadas, la escuché llorar, un llanto interminable y continuo que la acompañaba hasta el amanecer. Teolinda lavaba nuestra ropa, preparaba mis viandas. De buena fe, se preocupaba por Agustina, trataba de animarla, de sacarla de su encierro, pero sus esfuerzos no tenían respuesta. Mi mujer no tenía ganas de vivir y yo no tenía nada que reclamarle. Su perdición era mi culpa. Tenía que asumir la responsabilidad de su desdicha. La casualidad, sin embargo, esa lúcida estrategia con la que Dios construye sus proyectos, me llevó de la mano a los pasillos del Centro Simón Bolívar. Tenía que hacer una gestión bancaria, Lourenço necesitaba mi firma para pagar mis primeros honorarios. Me perdí. Nunca antes había estado en el centro de Caracas. Entre idas y vueltas, me encontré con la fachada de una librería. Aunque no sabía leer, siempre me gustaron los libros; el olor del papel, los diseños de las portadas, los títulos inentendibles. Había algo sagrado en las palabras. No podía pasar por alto, además, la idea de que la mujer herida con la que compartía una habitación en el Prado de María, alguna vez me había enseñado a deletrear. Cuando entré, reconocí el acento del Aveiro. Un hombre hablaba por teléfono. Esperé, recorriendo los pasillos. Cuando trancó, me preguntó si podía ayudarme. Nos reconocimos. Hablamos en portugués. Se llamaba Sergio Alves Moreira, pero su apellido no tenía que ver con el mío. No éramos parientes, más allá de algún remoto antepasado morisco. El librero se interesó por mi historia, con educación y cortesía. Le conté que había nacido en Trás-os-Montes, en un caserío a las afueras de Gouvinhas. Le dije que buscaba un regalo. Sin entrar en detalles, le hablé de un familiar que no había logrado superar la *saudade*. Y fue así como conocí al señor Torga. El bueno de Sergio entró en un almacén, tardó un par de minutos en regresar. Me entregó un ejemplar de *Los cuentos de la montaña*, ese pequeño gran libro que, a su manera, salvó mi matrimonio.

»Desde entonces, Agustina cambió. La afición a la lectura, la remembranza de nuestra tierra, le ofreció una oportunidad de reinventarse. Se levantó de la cama, comió, comenzó a ser amable con Teolinda. Cuando el trabajo me lo permitía, regresaba a la librería del Centro Simón Bolívar para comprar las recomendaciones que me hacía el bueno de Sergio, ediciones portuguesas traídas de contrabando. El segundo libro que llevé a la casa se llamaba *La sibila*, una bella novela escrita por la señora Bessa-Luís, con la que mi Agustina terminó de sanarse. Las palabras, Fernando, como las plantas medicinales, tienen propiedades curativas. Mi mujer encontró en las historias de Torga, y en la tragedia de la vieja Quina, un remanso de paz. Muchas veces, querido amigo, las vidas ajenas, aunque sean inventadas, son un espejo que nos permite reflejar nuestras alegrías y pesares. Las ficciones nos ayudan a reconocer nuestra fortuna y darnos cuenta de que, en el manto inagotable del mundo, gozamos del privilegio de los sentidos, del buen entendimiento, de la salud, de que nuestro corazón humano late y que con eso es más que suficiente para tener una buena vida. La niña encantadora de Gouvinhas, la que me enseñó mis primeras letras, tuvo un segundo aire. Abrió las ventanas de la habitación, dejó pasar el sol. ¡Cantés! ¿Algún día volveremos a ver el sol? Es difícil mantener las ilusiones bajo esta bruma perpetua. Quién diría que al Caribe alguna vez le tocaría vivir bajo esta negrura.

»Agustina le dio una oportunidad a Caracas. Atravesó el

umbral, caminó hasta la avenida Nueva Granada, bajó por Los Rosales hasta el Paseo de los Ilustres y, como siguiendo un mapa del tesoro en una isla desierta, descubrió las estepas de la Universidad Central de Venezuela. Usted, Fernando, que es hombre de teatro, sabrá describir mejor que yo el efecto magnético de los escenarios, el sortilegio de las tablas. Los anuncios en las carteleras la llevaron a los sótanos del Aula Magna, donde conoció a varios jóvenes de su edad, enfermos de rebelión y espíritu de lucha. Ahí estaba este muchacho, cómo se llamaba, Curiel, Nicolás Curiel. Las causas perdidas siempre fueron la debilidad de Agustina. Deshacer el mundo era su afición predilecta, por lo que no tuvo inconveniente en elegir como primeros amigos a este grupo de jóvenes iracundos que, con una arrogancia inmensa, pensaban que sabían hacer la luz o separar la tierra de las aguas.

»Agustina empezó a asistir como oyente a algunas clases en la universidad. Su español era mejor que el mío, tenía mejor oído, aunque prefería permanecer callada. Había mucha reticencia frente a nuestro acento y, tras el largo periodo de encierro voluntario, tenía miedo de sentirse rechazada. El cuatricentenario de Caracas fue una fiesta para el teatro. Recuerdo que, por esos días, la acompañé a ver una obra escrita por su nuevo amigo, el joven Curiel. Tenía un nombre bíblico, *Los siete pecados capitales*. ¡Madre mía!

¡Qué fácil es jugar con las cosas sagradas cuando se tiene tiempo para gozar de la vida! La gente pensaba que yo era su padre. No sé si se sentía avergonzada por mi compañía, pero me gustaba verla sonreír, darme cuenta de que, poco a poco, formaba parte de algo, de que quería integrarse a su nuevo país. En el fondo, Agustina era una niña a la que le había tocado madurar a la fuerza. El espejismo, sin embargo, duró poco tiempo. La realidad es inclemente. Los jóvenes son celosos. El medio artístico puede ser cruel y competitivo. Por aquel tiempo, comenzaron las audiciones para formar algo que más tarde llamaron el Nuevo Grupo. Agustina estaba entusiasmada, quería participar. Hizo un esfuerzo inmenso por mejorar su español, lo practicaba con Teolinda, hacía los ejercicios de respiración que había aprendido en Portugal, de la mano de Arlindo, pero cuando llegó el día de la prueba su acento fue motivo de burla. Fracasó. Durante su monólogo, se escuchaban las risas de sus compañeros. Los nervios la destrozaron, hizo el ridículo, porque se le olvidó el parlamento y su improvisación fue bilingüe. Todo lo que había logrado construir en los últimos meses se deshizo de repente, frente al sarcasmo destructivo de jóvenes como el bachiller Cabrujas. Este muchacho, lo supe más tarde, le hizo algunos comentarios desagradables. La invitó a su casa con la intención de ofrecerle un papel en un montaje, corregir sus posturas, educar su acento, pero lo único que hizo fue cortejarla con la típica galantería criolla, tan antipática para el extranjero. Agustina lo odiaba. Nunca lo soportó. Le decía el tuerto. Conoce el refrán, ¿no? En el país de ciegos, el tuerto tiene ciertos privilegios. Cuando Agustina se predispuso contra el bachiller Cabrujas, perdió todas las oportunidades de hacerse con un sitio en la escena teatral caraqueña, porque los decires y diretes de ese joven locuaz eran palabra santa para toda su corte. El desplante le salió caro, le cerró las puertas y le ganó un apodo: la conserje. La inseguridad aniquiló el talento de Agustina, perdió el interés por las cosas amadas. El desprecio por Venezuela fue su amuleto. El mundillo teatral fue el principal objeto de sus mofas y despotriques. Cuando lo quería, mi Agustina podía ser muy cruel. Se burlaba con sorna de los dramaturgos criollos, en los que no reconocía ningún talento. Muchas veces, Fernando, las personas necesitamos tener algo o alguien a quien echarle la culpa de nuestros infortunios. Es más fácil seguir adelante cuando se tiene la idea de que todo aquello que no supimos hacer es responsabilidad de un tercero. Somos aficionados a la inocencia, pero no siempre sabemos ejercerla. Agustina le echó la culpa de sus desdichas a Venezuela, me hizo responsable de su suerte por haber elegido este destino maldito. No regresó al teatro ni a la universidad. No volvió a hablar en español, ni a intentarlo. No probó las arepas, las cachapas ni los quesos orientales. No veía la televisión ni escuchaba la radio. La convivencia en la pensión, a pesar de la bondad de Teolinda, se hizo cada día más difícil. La tensión con Lourenço, quien no paraba de reclamarme por mi falta de carácter, era constante. "Esa mujer no vale ni el agua que se bebe", me dijo muchas veces, incapaz de comprender mi responsabilidad y mi compromiso con ella.

»La lectura, la reconstrucción imaginaria del viejo Portugal, fue el más preciado refugio elegido por Agustina. Los señores de Oliveira, Ferreira, Nemesio y Cardoso Pires acompañaron su soledad e invadieron su cama. El bueno de Sergio Alves pensaba que los libros eran para mí, y cuando, cada quince días, pasaba por el Centro Simón Bolívar, me comentaba los argumentos de las historias y me hablaba de los personajes como si fueran amigos encarnados. Agustina era una lectora voraz. No exagero si le digo que Portugal estaba vivo en esos relatos, en el sabor a tierra de las palabras y hoy, querido Fernando, a pesar de que nuestro país ha sido destruido, me atrevo a decir que permanece intacto. Mientras existan los libros del señor Torga, habrá abundancia en Trás-os-Montes y un camino de arena para llegar a Gouvinhas, porque los escritores han sido versados en la ciencia de los viajes en el tiempo y saben mejor que nadie cómo hacer para que las personas ingenuas vayamos a la infancia, de ida por vuelta.

»Agustina perdió la lozanía, la pudrieron la amargura, el desconsuelo, la soledad, la dolorosa memoria de Arlindo, a quien nunca olvidó y a quien nombraba por las noches, abrazada a la almohada. Muchas veces, temí su partida. Imaginaba regresar a la casa y encontrar la habitación vacía, pero ella no tenía a dónde ir. No tenía amigos en Caracas ni dinero. No tenía identidad, porque para efectos legales, como si fuera una invención del señor Pessoa, su verdadero nombre era Lucía. Me acostumbré a convivir con un fantasma, con una mujer a la que nunca toqué y con la que no sabía cómo comunicarme. Tenía la falsa impresión de que le había salvado la vida, pero en realidad, nuestro matrimonio resultó para ella una cadena perpetua.

»Ocurrió durante un almuerzo. Teolinda preparaba unas *caldeiradas*. Lourenço leyó la noticia en voz alta: el Estado Novo cayó, el presidente Marcelo Caetano había sido depuesto de su cargo. Portugal era libre. La Revolución de los Claveles había triunfado y los cuarteles de la PIDE habían sido invadidos por multitudes eufóricas. Mi hermano permaneció en silencio. Teolinda lloraba con discreción, con una emoción domesticada pero incontenible. No hubo sobremesa. No teníamos nada que decirnos, porque para nosotros Portugal era Salazar. No había otra manera de entenderlo. Hacía cuatro años que había muerto, pero seguía moviendo los hilos y vigilándonos con su sombra. Regresé al cuarto. Agustina estaba acostada en la cama, leía una novela de Vergílio Ferreira. Le conté lo que había pasado. No reaccionó. Siguió leyendo, disgustada por mi interrupción, pero aquella noche, se acostó en el suelo y me palpó el hombro. Me despertó. "Moreira. Quiero darle las gracias por todo lo que ha hecho por mí, pero usted sabe que yo no pertenezco a este lugar. Permítame, por favor, regresar a Portugal". Es tarde, Fernando. Debería volver a su casa. Tenga cuidado. Otro día le contaré el resto de la historia».

Los esfuerzos por encontrar a Tatiana no dieron resultados. Yolanda bloqueó mi teléfono. La indiferencia de mis suegros dejó claro que habían tomado posición a favor de su causa. Desde el día que se fue, no habíamos vuelto a dirigirnos la palabra. Solo cuando mataron a Jacobo me escribió un correo electrónico. Quería decirme que lamentaba lo ocurrido. El asesinato fue la mejor excusa que encontró para aventurar una explicación a su adulterio. Quería perdonarla.

Si regresaba, no me importaba volver a comenzar, a pesar de que los detalles de su traición estaban escritos con cal en mi memoria. Me negaba a aceptar la derrota, mucho menos sin un argumento que me ayudara a comprender las razones de su alejamiento. Los textos de WhatsApp no dejaban de golpearme. No se borraban. Insistían en desgarrarme. Ella le pedía que la llevara al límite, que le mordiera los senos hinchados, como cuando hicieron el amor en el Montaña Suites o como cuando se encontraron en Santa Inés, en el apartamento de Yolanda. El infeliz, con pésima ortografía, no paraba de repetirle cuánto había disfrutado penetrarla y, con una cursilería desconcertante, prometerle que estaría a su lado para siempre. La evocación de sus encuentros era explícita, lo describían todo, destruyendo mi cordura con cada mención de sus eróticas acrobacias. «Si no te hablo es porque no sé qué decir, porque no sé cómo justificar lo que ocurrió, porque si leíste lo que creo que leíste el día que metiste mi celular en el microondas, entonces, no tengo defensa». La frialdad era más ofensiva que los hechos. Toda nuestra historia reducida a un correo electrónico. La destrucción de nuestro mundo resumida en un patético *e-mail*. La complicidad había desaparecido, tenía otro vocabulario, otro dialecto, como si estuviera hablando con un extraño o solicitando un presupuesto. Su confesión parecía un ejercicio por encargo. «Supongo que ahora solo nos queda formalizar la separación. No sé si tenga sentido hablar de divorcio, porque ninguno de los dos tiene suficiente solvencia económica para asimilar ese gasto». Una y otra vez, leí la carta en el piso, desnudo, con la laptop apoyada sobre mis rodillas, perdido entre las luces del pasado y la contundencia de sus razones, porque en su alegato, en su testimonio sobre nuestro fracaso, decía que muchas de las cosas que pasaron habían ocurrido por mi culpa. «Me volví invisible para ti, tú solo tenías ojos para tu maldito teatro. Y cuando me vine abajo, cuando me derrumbé, no estuviste a mi lado. Me abandonaste cuando más te necesitaba y lo peor es que ni siquiera te diste cuenta de que te estaba llamando a gritos». Desconsolado, con el alma rota, trataba de asir el tiempo con las manos, de reparar las fisuras, de haber estado más atento al desmoronamiento. Los reclamos, uno por uno, hicieron metástasis «…porque, como una pendeja, yo lo había sacrificado todo por ti, pero ¿qué me diste tú a cambio?, Fernando. Cuando quise tener un hijo, me dijiste que lo mejor era esperar, porque contabas con que las cosas en este país de mierda mejorarían en un corto plazo. Cuando quise mudarme a Lima con mi hermana, con trabajo para los dos, cuando todavía era posible salir, a tu tía le dio el ACV, y a pesar de que sabías que su situación era irreversible, quisiste quedarte para observar su evolución, a la espera de un milagro. No sé cuántos años han pasado, pero Rosaura sigue ahí, muerta en vida, sirviéndole de excusa a tu mamá para manipularte, para quitarte lo poco que tienes, para competir conmigo y derrotarme. Tu mamá me ganó, lo acepto, pero te ganó a ti también». Los días del enamoramiento comenzaron a agolparse. No vi su caída. Nunca me dio indicios de su depresión, nunca me dijo «te necesito». «Porque a ti siempre te importaron más tus carajitos que lo que pasaba en tu casa, porque mientras sentía la necesidad de ser amada, de sentir que le importaba a alguien, de sentirme viva, tú estabas empeñado en dirigir un teatro mediocre, confundiendo Bello Monte con Broadway, con siete u ocho pendejos que apenas egresen del colegio se olvidarán de ti, como ha pasado durante los últimos veinte años». La tarde de Greenwich asaltó mi desvelo. Nos mojó la lluvia, nos vimos desnudos, firmamos un compromiso. A pesar de mi ausencia absoluta de ritmo, bailamos salsa. A Tati le gustaba la salsa erótica. A su lado, descubrí un universo melódico desconocido y escatológico. Nuestras actividades domésticas eran acompasadas por Tito Rojas y el Grupo Niche. Limpiábamos la casa con canciones horribles, de amores turbios en moteles de paso. Bailaba sola, abrazada a la aspiradora. Me gustaba burlarme, le cantaba al oído, intensificando el morbo de las letras. De tanto escucharlas, me las había aprendido de memoria: *Aquí estamos tú y yo / con los labios hinchados / de tanto besar y besar de tanto haber amado / aquí estamos tú y yo / empapados en sudor / y regresando de la fantasía que produce hacer el amor.* Me volvía malandro, le gustaba. También le gustaba que le cantara antes de dormir, porque le costaba conciliar el sueño. No sabía quedarse dormida, por lo que la arrullaba con versos incompletos. Las lágrimas rompieron el ensueño. El día de nuestra boda civil, respaldado por unos exalumnos que tenían una banda de rock, me atreví a hacerle un aventurado regalo. *Solo boleros*, de Gilberto Santa Rosa, era uno de sus CD predilectos. Lo tenía en el carro, en el iPod, lo ponía para cocinar, bañarse o hacer los trabajos del máster. Los muchachos hicieron el arreglo y, después del brindis de honor, me atreví a romper el hielo. Fue una ceremonia pequeña, discreta. Carmelo y Yolanda fueron los padrinos. La canción era difícil, de letra larga, pero sabía que le gustaría porque hablaba de nosotros. La busqué en YouTube. Tardó diez minutos en cargarse. El bloqueo tecnológico fue una farsa, un vulgar artificio para reclutar cibernautas desesperados e incrementar las listas de afiliados al Partido Socialista Unido de Venezuela. La idea de que solo los poseedores del carnet de la patria tendrían acceso a Internet resultó una amenaza fallida. Diez minutos después de que Conatel decretara el control estatal sobre el uso de Internet, los buhoneros vendían los códigos de acceso en la autopista. Me golpeé las sienes con los puños cerrados. *Play: Hablan de un amor alucinante / tan intenso y fascinante / como el sol de primavera.* La persona que montó la canción eligió una serie de duendes y muñequitos manga para edulcorar el video. Cerré los ojos empapados, cada verso me contaba cómo se entregaba a Óscar, me repetía sus palabras, sus copulas virtuales, descritas en madrugadas en las que compartíamos la misma cama. *Cuentan de un amor que es tan perfecto / tan hermoso y tan honesto / que se exhibe donde quiera.* Y Tatiana, con su vestido blanco, me miraba desde la mesa, acodada y conmovida, con una copa de champaña en sus manos, feliz, porque a pesar de todo lo perdido, sabía que no me había inventado su dicha. Lo que vivimos fue real. Tuvimos algo verdadero, auténtico, aunque sus fotos en nuestro baño quebraran el hechizo. *Dicen de ese amor / que son el uno para el otro / y es que están hablando simplemente de nosotros.* Y la memoria escribía en WhatsApp: «Chúpame las tetas. Quiero que me acabes en las tetas». Tiré la laptop contra la pared, corrí por el pasillo. Abrí el agua caliente, marrón y me acuclillé bajo la ducha. El calentador estalló. Tenía la espalda enrojecida y escarchada. Desde la ventana, me asediaba el horizonte negro, cubierto por las nubes que anunciaban el fin del mundo. «Soy responsable de lo que ocurrió, Fernando. No tengo excusas para justificarlo, y lamento que te hayas enterado de la manera como te enteraste. Hubiera preferido ahorrarte ese malestar, ese disgusto. No me siento bien haciéndote daño. Quiero que estés bien y quiero que seas feliz. Conmigo, claramente, no lo eras, pero creo que ha llegado el momento de que tú cruces a la izquierda y yo hacia la derecha, o viceversa. ¿Cuándo fue la última vez que hablamos? ¿Cuándo fue la última vez que hicimos el amor? ¿Para qué continuar viviendo así, juntos y alejados, en la misma cama, pero en lugares tan distintos? Ahora mismo solo me sostiene una convicción: irme de este maldito país. No puedo seguir aquí. No puedo, Fernando, de verdad no puedo. Allá tú con tu romanticismo. Las cosas no cambiarán. Ojalá tus alumnos puedan hacerte feliz. Yo no pude. Sí, lo sé, me gustaría darte la cara, decirte esto mirándote a los ojos. Te lo mereces, pero no he sabido hacerlo, para mí no ha sido fácil. Yo también hice sacrificios, yo también perdí. Dame tiempo, date tiempo». El teléfono fijo me sacó del letargo. El repique era interminable y atorrante. Tuve la fantasía de que Tati llamaría para decirme que todo fue un error, que regresaría temprano, que le gustaría que pidiéramos una pizza y viéramos una serie. Atendí con ansiedad. El desengaño fue inmediato: era mi mamá. Necesitaba dinero.

Había prometido no volver a visitarla, pero era consciente de la debilidad de mis promesas. Mientras Rosaura permaneciera enferma, lela e inútil, mi alejamiento sería negociable. A mi mamá nunca le gustó Tati, porque decía que era una niña consentida y sifrina, porque sabía que la diferencia de edad algún día me condenaría o porque tenía cara de puta. Tenía mucho tiempo sin regresar a La Candelaria. Bello Monte se había convertido en mi burbuja perfecta, una esfera de agua sucia en la que sabía mantenerme a flote. El centro era el abismo, un lugar extraño en el que sus habitantes hablaban otra lengua. Mi Candelaria infantil, plagada de ruidos y marquesinas coloridas, había desaparecido. La zona se había vuelto gris, rancia, peligrosa. Todos los negocios habían bajado las santamarías, convirtiendo la plaza en un reducto de mendigos y cadáveres de perros inflados. El edificio era una ruina con olor a lejía. Los borrachos nocturnos usaban el portal como urinario, por lo que los vecinos acordaron turnarse en las mañanas para limpiar la inmundicia. La conserjería se quemó. Hace unos meses, durante las últimas protestas, el conserje fue identificado por la turba como un patriota cooperante; un grupo de rebeldes empapó un cartón con aceite y lo lanzó por la ventana entreabierta. El infeliz pereció calcinado, porque los protestantes habían puesto una cadena alrededor de la reja. El ascensor no funcionaba, era un hueco abierto en el que se acumulaban aguas negras. A pesar de la miseria rampante, mi mamá seguía disfrazada de rojo, comprometida a fondo con el ideario de la Revolución.

Mi tía Rosaura estaba podrida en una cama, en una lucha absurda contra el tiempo, demandando una atención que no podíamos pagar. La enfermedad terminal le permitía a mi mamá explotar su sentimentalismo, manipular a conveniencia. Entré sin saludar, pasé directo al cuarto. Rosaura, la robusta y enérgica Rosaura, era un cuerpo de alambre comido por el óxido. Le espanté los zancudos de la cara. «La carajita te montó cachos, te lo advertí», dijo una voz desde el pasillo, sonriente e irónica. «¿Qué quieres?», pregunté fastidiado. La foto del Comandante Eterno me miraba desde la mesa, rodeada de santos afrolatinos y estampas de la virgen María. La última discusión flotaba en mi memoria (palabras sueltas, improperios, lágrimas de rabia). Ocurrió durante una de tantas elecciones amañadas. Una vecina llamó para contarme. El gobierno diseñó a conveniencia el nuevo ciclo de elecciones municipales. A pesar de que tenían el control absoluto de la zona, los grupos de oposición habían logrado coordinar una organización discreta, pequeña pero fuerte, que tenía una mínima posibilidad de triunfo local. Si la ciudadanía participaba, decían los estadistas, la trampa de los generales iba a requerir un mayor esfuerzo. Desde 1998, mi mamá era la primera persona en hacer cola frente al colegio Chimborazo para ofrecer su voto a la construcción del socialismo. El último año, ante la remota posibilidad de perder el municipio, tuvo una idea maquiavélica. La vecina me contó que mi tía Rosaura, quien no era capaz de alimentarse por sí misma ni de ir al baño, fue a votar en una silla de ruedas. Bajo el esquema del voto asistido, un militar le tomó la mano y sumó su voluntad dormida a las filas de la Revolución. Cuando la visité, tenía los dedos mustios, empapados de tinta púrpura. La discusión con mi mamá fue álgida e intensa. Nunca le había hablado de esa manera. Desde entonces, no habíamos vuelto a dirigirnos la palabra. Su solicitud me ofendió, los años de contención estallaron sin reticencias. Le dije que no le daría más dinero, que no contara conmigo para su burda subsistencia. «Volverás, siempre vuelves. Eres débil. Desahógate si quieres, si eso te hace feliz, pero tarde o temprano terminarás aquí. No vuelvas con lo mismo. Tu tía quería ir a votar y yo la llevé, deja la tragedia. No entiendo cuál es el problema». Me provocó golpearla en la cara, arrancarle los dientes. No teníamos mucho que decirnos. No quería estar ahí. Fue directo al grano, pidió dinero para unas medicinas. Le dije la verdad: no tenía nada que darle, no tenía dinero ni trabajo. Besé a Rosaura en la frente, entre las costras y las larvas, con la impresión certera de que nunca volvería a verla. Lamenté no poder hacer nada por ella, resignarme a su desaparición.

Intentó degradarme con la partida de Tati. Mi mamá cuestionó mi hombría, especuló con la cantidad de amantes con los que había tenido que compartirla, dijo que lo más natural era que me engañara, porque era evidente que no podía satisfacerla de ninguna manera. Era inmune a su desprecio. El odio era el mismo de siempre. Mi nacimiento fue un accidente, una pasión inoportuna convertida en desengaño. Mi existencia era el recordatorio de una herida, de un desamor profundo. De no ser por mi tía, hubiera terminado en un albergue o, con suerte, metido en una caja, en la base de un poste. Rosaura era maestra de primaria, desde que era niño la acompañaba a dictar sus clases en el barrio. Recta, impoluta, rigurosa, pero amorosa y gentil. Nuestra complicidad desaparecía cuando regresábamos a la casa y teníamos que confrontar el humor disoluto de mi madre. No era fácil hacerla reír ni hacerla participar en nuestros juegos de mesa. Alguna vez, adulto, Rosaura me hizo un resumen de su desasosiego. Me habló de mi papá, una sombra a la que apenas recordaba, un acento foráneo, un ruido metálico, el estallido de una escopeta. «No tengo dinero. Adiós. Por favor, no vuelvas a llamarme. Si le pasa algo a Rosaura, tengo otras maneras de enterarme». Bajé las escaleras. El tiempo revoloteaba en mi memoria, enredándose entre mis piernas, convirtiéndome en un niño impresionable. Mi papá era un olor a cuero, una chaqueta marrón, un visitante ocasional que, alguna vez, me daba una palmada en el hombro o me acariciaba la espalda. Escuché el disparo. Había mucho ruido, la calle era un escándalo. Corría el año 1989 y la multitud alienada saqueaba los negocios de la cuadra. Caracas ardía. El hombre de la chaqueta marrón había pasado la noche en la casa. Cuando pasó lo que pasó, mi mamá no había regresado del trabajo. Escuché el estallido. Abrí la puerta. La escopeta estaba en el suelo. La pared era un reguero de sangre y pedazos de cráneo. Grité desesperado. Escapé hacia la calle, perseguido por las imágenes de un monstruo. La gente corría a mi alrededor, cargando electrodomésticos y reses sobre sus hombros. Hombres y mujeres furiosas llevaban a la espalda televisores y neveras. Me dejé arrastrar por la estampida, tratando de ocultarme en medio del barullo. Comencé a correr en dirección a ninguna parte, con una licuadora que recogí del suelo, huyendo del asedio del fantasma decapitado. Desde ese día, siento un terror absoluto por las multitudes. Me intimidan las masas. Me mareo entre la marabunta, pierdo el aire, no soy capaz de mantener el equilibrio. Tatiana nunca entendió mi incapacidad para asistir a las marchas, pensaba que era una tontería, una excusa con la que justificar mi incorregible cobardía. Mi debilidad me hizo perderla. Si hubiera tenido la entereza para acompañarla, para protestar a su lado, para cruzar el Guaire junto a miles de personas perseguidas por la Guardia, habría conservado su afecto.

Regresé a Bello Monte en un carrito por puestos. A la altura de Plaza Venezuela, unos muchachos se subieron al autobús. Se presentaron como estudiantes de Comunicación Social, sostenían un televisor de cartón entre sus manos e improvisaron un noticiero llamado BusTV. Los pasajeros les prestaron atención; por unos minutos, abandonaron su pasotismo. Los periodistas desempleados hablaron de Lisboa. La mortandad era creciente e incontable. El centro de Portugal era un incendio que no terminaba de apagarse, la crisis migratoria causaba estragos en España, Francia y Marruecos. Había surgido la peste, comenzaban a aparecer las epidemias y las gripes chinas. La ola de calor europea estaba generando crisis ecológicas sin precedentes. El cielo del Caribe, por algún impreciso efecto mariposa, seguía confinado bajo una nube negra, inamovible y densa que había provocado severos accidentes. Los controladores aéreos de Maiquetía habían iniciado una huelga indefinida. No querían volar por temor a perderse. Los chicos del BusTV también hablaron de una foto viral, una imagen que, desde hacía unos días, circulaba sin censura por las redes sociales: la famosa escultura lisboeta, el Monumento a los Descubrimientos, tallado en el muelle de Belém en memoria de Enrique El Navegante, apareció intacta, virgen, clavada en una montaña de Sintra. La mole de mármol se había despegado del puerto y había volado más de treinta kilómetros, adoptando un nuevo aposento, convirtiéndose en el más emblemático *souvenir* de la tragedia. Un grupo de rescatistas de la Cruz Roja hizo la foto, transformada en meme.

Entré al bar, pedí una botella de ginebra. Ascanio y Wong comentaban los tiempos de esplendor de la urbanización, cuando la felicidad era posible y los vecinos de Bello Monte compartían los momentos de ocio. Giménez estaba orgulloso de las fotografías que colgaban en la pared de su taberna. Las imágenes mostraban escenas del primer (y único) torneo interurbano de *softball* que se jugó en el antiguo campo de Lagoven, en Los Chaguaramos, convertido en el parvulario de la Universidad Bolivariana. La dupla Giménez-La Buhardilla (cuando era una taberna española) obtuvo el primer lugar del certamen, imponiéndose al vasto colectivo de restaurantes chinos, el Forchettone, La Cuevita del Este y, el rival más aguerrido, el Central Madeirense. Las medallas de latón se conservaban oxidadas en la estantería. Ascanio afirmaba que el evento había tenido lugar el año tal. Wong discrepaba. Llené el vaso, me lo tragué sin respirar. En la mesa del fondo, al lado de los baños, reconocí el perfil desvencijado de Macario. Estaba solo, sentado frente a un vaso de anís. Me acerqué a saludar. No quiso mirarme. Apenas respondió a mi gesto. Cuando le di la espalda, me llamó por mi nombre. Balbuceó. «Yo… —intentó. No podía continuar. La mala conciencia le quemaba las entrañas—. Yo delaté al muchacho, profesor. Yo le dije al SEBIN lo de las armas. Si fueron a registrar la casa, fue porque yo los entregué». En la barra, Ascanio describía la estrategia con la que hicieron el último *out* y ganaron el torneo. No pude responder. No tenía nada que decir. «Usted sabe que mi hijo está enfermo. Me ofrecieron unas medicinas, un tratamiento. Todavía lo estoy esperando. Yo sabía que Jacobo y la otra carajita, la gordita, llenaban el depósito de cosas raras, de bombas molotov, de gasolina, de piedras. Cuando vinieron a buscarme, no tuve más remedio que decir la verdad, pero yo no quería que lo mataran como si fuera un perro. Ese chamo era simpático». Silencio. Desprecio. Lástima. «Lo querían a usted, profe. El SEBIN vino a La Sibila buscando algo con lo que poder atacarlo, pero no tenía nada que darles. Lo único que sabía era que los muchachos usaban el depósito como un arsenal. Los delaté, sí, pero el oficial que lo mató, en realidad, no quería joderlos a ellos, sino a usted». Tuve el impulso de quitarle el vaso de la mano y golpearlo en la frente. Me alejé sin despedirme. Me senté en la barra, la inanidad de la tertulia sobre un remoto partido de *softball* era más atractiva que la confesión de un desgraciado. Necesitaba perder el sentido, desaparecer. Me tragué dos vasos enteros de ginebra, fondo blanco. Uno detrás de otro. Mi desasosiego, la voluntad comprometida de arruinarme, interrumpió el anodino debate. «*Plofesol*, ¿se *encuentla* bien?», preguntó Wong. Tati volvió a besarme, a jugar con mi sexo, a pedirme que le cantara una canción porque no podía dormirse, pero haciéndose a un lado para escribir en WhatsApp: «Búscame esta tarde. Tranquilo, estaré con Yolanda. Ja, ja, ja. No te preocupes. Ni se entera. Lo único que le importa son sus carajitos de La Sibila. No te tardes. Extraño tu sabor, salado y caliente». Emoticono sacando la lengua.

VI. *Réquiem*

Las mesas estaban llenas de pasapalos. Los muchachos, sentados en el suelo, tenían las ropas arrugadas. Mi llegada los enmudeció. El gordo Jeanco inició un aplauso burlesco que fue acompañado por cánticos y vítores. Giménez alzó los hombros, resignado, señalando con los labios a los organizadores de la ceremonia. El chino Wong había dispuesto un manjar sobre la barra, potes con arroz y *chop suey*. Ascanio, exultante, adornaba los restos del banquete. La vieja estantería estaba abierta de par en par. Las medallas de latón, correspondientes al torneo interurbano de *softball* Vecinos de Bello Monte, habían sido dispuestas sobre el carrito de los postres.

El dolor de cabeza cesó. Hice memoria de las últimas horas y sentí vergüenza. Me quebré. Mi psique patinó. Los nervios colapsaron y mi voluntad se hizo trizas. El alcohol acompañó mi emergencia, hasta que Giménez me dijo que si quería matarme evitara hacerlo en su restaurante. Mi desmoronamiento tenía argumentos razonables: el hambre, el abandono de Tatiana, la traición de Macario, la enfermedad de mi tía, la estupidez de mi mamá, la muerte de Jacobo. Y de fondo Lisboa, la crisis humanitaria en Europa, las imágenes que comenzaron a circular de manera clandestina: el círculo de fuego captado desde Elvas, las autopistas extremeñas saturadas de caminantes con niños en brazos, a los que les colgaba la piel y que parecían moverse por inercia. Les conté a mis compañeros de barra la situación de los colegios. La última promoción del Promesas Patrias no tendría acto de grado por falta de presupuesto. Los otros institutos del municipio, por un decreto de la Alcaldía de Baruta (conquistada por la Revolución en elecciones amañadas), harían un único evento de imposición de medallas en la Concha Acústica con palabras del gobernador de turno, ofrendas a los fundadores de la nación y variopintos números de escatología patriotera. Ascanio y el chino Wong fueron los principales testigos de mi derrota. Les compartí mis pesares y desdichas, mi malestar por la soledad de los chicos. Bajo la noche helada, me acompañaron hasta la casa. Desperté al mediodía, aterido por la pena. El olor a comida vapuleó mis instintos. Como un animal salvaje, asalté el plato de arroz que estaba sobre la mesa. Comí sin cubiertos, llenándome las manos de salsa de soya. No recordaba cuál había sido mi última comida caliente. Había agua; marrón, pero líquida. Tuve tiempo suficiente para bañarme, rellenar unas ollas, un tobo y fregar la vajilla. En el salón, mi único flux estaba extendido sobre el sofá, cubierto de polillas, con olor a humedad. A su lado, una nota escrita en una servilleta. «Querido profesor, descanse. Nos gustaría que esta noche comparta un rato con nosotros en el bar de Giménez. Quisiéramos hacer algo por usted y por los muchachos, un pequeño detalle que sabemos que le gustará. Ascanio & Wong».

Ascanio pidió silencio, improvisó un atril. Con entusiasmo sobreactuado, dio la bienvenida al acto de fin de curso. Carcajadas en la mesa de jóvenes. Me sentaron en la primera fila, con las sillas alineadas en dirección a la barra. La señora Hernández, con una venda en el brazo, nos observaba de pie, parada al fondo. Nuestro jefe de protocolo describió el itinerario. La ceremonia comenzó con un minuto de silencio en homenaje a los compañeros caídos. Nos pusimos de pie, Leonidas dijo un Padre Nuestro. Esteban tomó mi mano derecha, Mimi la izquierda, los demás completaron el círculo. El tiempo fue calmo y solemne. Con los ojos cerrados, repasé los rostros de todos los estudiantes asesinados durante las guerras perdidas, pero en lugar de lamentar su suerte, de sumergirme en el dolor de su partida prematura, logré visualizarlos tranquilos, corriendo por la plaza Alfredo

Sadel detrás de una pelota, comentando el argumento de la última película de Marvel o fingiendo prestar atención a una clase de arte barroco, conteniendo el sueño, sosteniéndose el mentón con las manos para no desplomarse sobre el pupitre. Me gustó sentir que estaban vivos y que, de alguna forma, seguirían creciendo, en un lugar en el que no podíamos verlos. El minuto de silencio fue una droga alucinatoria que nos transformó en una comuna. El olor de las lumpias nos llevó a recorrer paraísos artificiales, devastados pero propios, baldíos, pero nuestros.

El chino Wong rompió el hielo: «*Palablas* del *bachillel* Jean *Callo Helnandez*». El Gordo se acercó al falso atril, sosteniendo unos papeles arrugados, escritos a mano. La risa inicial fue contagiosa. «Distinguido señor Giménez; honorable Wong; querido señor Ascanio, coinventor de esta parodia; profesor Fernando, padrino de nuestra promoción; familiares y amigos». Interrumpió su agasajo, le cambió la expresión. La carraspera lo asaltó, revisó sus apuntes, con ánimo de vergüenza. «Intenté escribir unas palabras esta tarde, pero creo que no tienen mucho sentido. Las comparto con ustedes a ver si me ayudan a encontrar el significado». Comenzó a leer, le temblaban las piernas. No terminó la primera oración. Respiró, exhaló, como hacíamos en los ensayos de La Sibila. Ganó seguridad, dejó de moverse. «Conocía a Jacobo Sánchez desde que era un pitufo, tan enérgico como insoportable. Le gustaba jugar con los mayores, no se sentía cómodo con los chamitos de su edad. Siempre estaba llamando la atención, rapeando su rutina, describiendo en sus canciones la escasez de productos en la cantina, el sadiqueo de los porteros o maldiciendo los atropellos de la Guardia. No paraba de hablar, muchas veces pensé que era un fastidio. Todos lo conocíamos, era nuestro amigo. A Jacobo lo mataron por ser joven, por ejercer un derecho inexistente en un país en el que soñar es un delito; lo mataron por tocar un tambor en la calle. Hoy lo echamos de menos —hizo una pausa, hasta reencontrar la serenidad—. Conocí a Marcel Hidalgo en segundo grado, cuando mi familia se mudó a Caracas. Tampoco le gustaba pasar desapercibido, pero tenía otra manera de hacerse notar, porque Marcel habla mejor que todos nosotros juntos, escribe con coherencia, sin errores ortográficos ni imprecisiones gramaticales, de esas que tanto horrorizan al profesor Fernando. Marcel quiere estudiar Ciencias Políticas, a pesar de que las universidades están cerradas y de que todo el mundo le dice que la Facultad de Ciencias Económicas y Sociales de la UCV es un nido de ratas. Marcel es un tipo inteligente, que se termina los libros, que sabe de lo que habla, no es un hablapaja como nosotros. Todos lo conocen, es nuestro amigo, es mi mejor amigo. Marcel está preso en La Tumba. Dicen los rumores que, en la última paliza, le arrancaron los dientes. A Marcel lo encarcelaron por dar la cara, por decir que no. Le entregó su libertad a este país de mierda, al que no le debemos nada, pero por el que estamos dispuestos a matarnos. Hoy lo echamos de menos, así como echamos de menos a muchos de nuestros amigos, a chamos que nunca conocí, pero a los que vi tantas veces en las marchas, chamos que corrieron a mi lado, tragando gas, con la única expectativa de un mañana, cualquier mañana. Juan Pablo Pernalete, Armando Cañizales, Neomar Lander, Miguel Castillo y tantos otros. Yo estuve ahí, yo los vi caer, pudo pasarle a cualquiera. Me pregunto quiénes lograron salvarse, si ellos o nosotros, los que seguimos acá. De un día para otro, para colmo, el mundo amenaza con llegar a su fin. El ejemplo de Lisboa nos puso sobre aviso. Y se supone que tenemos que darle gracias a Dios por mantenernos a salvo». Aunque le temblaban las manos, leía de manera pausada, con la voz firme. El grupo lo escuchaba con atención. «Yo no quiero agradecer nada, no quiero seguirle el juego a ese infeliz —lanzó la mirada hacia el cielo—. Tampoco quiero lamentarme, pero estoy cansado de sentir que tenemos que aceptar con alegría el hecho de vivir la mierda de vida que nos tocó. Si Dios es el responsable de tanto desconsuelo, del horror cotidiano, del asesinato de nuestros amigos, entonces, no me interesa su indulgencia ni, mucho menos, su sobrevalorado paraíso. No quiero conocerlo, me rebelo. Estamos solos, esa es la única verdad. No vamos a ninguna parte. No tenemos pasado ni futuro y nuestro presente es un insulto. Ni siquiera tenemos sol. El frío llegó para quedarse, junto con la lluvia ácida que nos irrita los ojos y nos recuerda que, en cualquier momento, los oficiales vendrán a matarnos. Nuestra generación padece el síndrome de Lisboa, la conciencia de la finitud de las cosas amadas, de que no existe el mañana y que no tendremos tiempo suficiente para hacer nada que valga la pena, que desapareceremos sin dejar ningún tipo de huella, porque no le importamos a nadie, porque nuestra existencia no tiene ninguna relevancia. Nosotros no tenemos horizonte. No tenemos sueños, están prohibidos, bajo pena de muerte. Lo único que tenemos, lo único de lo que podemos jactarnos, es de nuestra amistad, y eso, en medio de este marasmo, de esta rabia —se le quebró la voz—, de este tiempo perdido, es lo que quiero celebrar esta noche, junto a las mejores personas que conozco. Mañana o pasado mañana se terminará todo, seremos asesinados a mansalva y, si tenemos suerte, si logramos salvarnos de las balas, entonces, algún asteroide se saldrá de su órbita y nos llevará por delante. No habrá tiempo, ni siquiera, para preguntarnos si ha valido la pena.

No hay mucho que salvar, la verdad. Solo fuimos felices en La Sibila, jugando a montar obras de teatro intensas, con metáforas políticas inentendibles para la mayoría, bajo la vigilancia de un necio que se empeñó en repetirnos que teníamos que creer en nosotros y que la vida valía la pena vivirla. Lo intentamos, Profe, de verdad lo intentamos, pero creo que llegó el momento de aceptar que no existe la esperanza. La amistad es lo único que queda». Se guardó el papel en el bolsillo del pantalón. Regresó a su asiento. Mimi le ofreció el puño cerrado, lo chocaron. Andrea imitó el gesto. Esteban y José Luis hicieron lo mismo. La señora Hernández tenía los ojos llenos de lágrimas. Ascanio quebró la armonía, aplaudió toscamente, dijo «bravo», para luego alegar, con su entusiasmo irritante, que no se podía ser tan pesimista y repetir la consigna de que tarde o temprano, en medio de la calle, gritaríamos por nuestra libertad.

«*Palablas* del *padlino* de la *plomoción, plofesol Felnando Molales*». El chino Wong me cedió su lugar. Me levanté con torpeza, tropezando con una bandeja de costillas. Cuando salí de la casa, no barajaba la idea de ofrecer un discurso. No tenía ni la más remota idea de lo que podía decir, mucho menos después de escuchar la confesión resignada de Jean Carlo. Los muchachos me miraban expectantes. Esperaban que les ofreciera algo palpable, verosímil, pero tenía las manos atadas, porque pensaba que el Gordo tenía razón. Sabía, sin embargo, que no podía dejarlos caer. La esperanza de los chicos no tenía que ver con mi voluntad vencida, sino con mi responsabilidad como docente. Sabía que no tendría otra oportunidad de dar la cara. Sospechaba que aquella sería mi última clase. Uno por uno, los miré a la cara. Encontré las palabras sin esfuerzo. «Durante muchos años los alumnos me han honrado con este reconocimiento. No sé de cuántas promociones he sido padrino de grado. Suele ser un honor, un placer, un gesto de cariño por el que siento mucha satisfacción y orgullo. Por lo general, preparo unas palabras de agradecimiento. Trabajo en un escrito breve, que reviso durante quince días, y luego lo leo en la ceremonia, haciendo pausas efectistas, incluyendo citas cultas que me hagan pasar por un hombre brillante. Muchas de esas palabras son frases pomposas, mentiras sensibleras sobre la libertad y el sacrificio. Durante muchos años, les he dicho a mis estudiantes que tienen el mundo a sus pies, que si ponen de su parte obtendrán lo que desean; que cumplirán sus sueños solo por el hecho de tenerlos, pero a ustedes no puedo mentirles. No se merecen tanta hipocresía. No es justo persistir en el engaño, pero tampoco quiero desanimarlos, porque, quizá sin darse cuenta, ustedes me han demostrado, más que ninguna otra promoción, el valor del coraje y la persistencia. Los he visto crecer, madurar, caer y levantarse. No tengo noticia de otra generación a la que le haya tocado vivir circunstancias tan adversas. Muchas veces me dije: si los muchachos hubieran tenido mejores oportunidades, no dudo que las habrían aprovechado al máximo. Ningún objetivo hubiera sido imposible para ellos. Sin embargo, después de todo lo que hemos vivido, caigo en cuenta de mi falacia. Aunque sea difícil apreciarlo, aunque les duela, esta realidad hostil y humillante es la que ha sacado lo mejor de cada uno, la que los hace ser lo que son. Quizá, quién sabe, si lo tuviéramos todo al alcance de la mano, si la cotidianidad fuera menos indolente, pasaríamos por alto lo esencial y tardaríamos mucho tiempo en descubrir el significado de las cosas que importan, algo que ustedes han aprendido por la fuerza, con una madurez inapropiada para su edad, frente a un enemigo despiadado que les mató la infancia y les arrebató la belleza de la adolescencia.

»Desde hace tiempo, nuestra rutina es un martirio. Nos acostumbraron a pensar con el estómago. Ustedes han tenido hambre; han sido testigos de la escisión de sus familias; han visto morir a sus amigos, asesinados con saña; también son conscientes de cómo, día tras día, les arrebatan el futuro, cualquier futuro. El mundo, para colmo, amenaza con inmolarse, porque cuando nos habíamos quedado sin esperanzas, una gripe incurable y un asteroide perdido vinieron a recordarnos nuestra minusvalía. Puede parecer un consuelo o un panfleto, pero ante este escenario de desolación absoluta, solo puedo expresarles mi admiración y mi respeto. Lo que ustedes han hecho es heroico. Puede que no hayan tenido la mejor educación formal. Me consta que sus aptitudes para la expresión oral y escrita no son las más afortunadas. Algunos, es cierto, no saben distinguir las palabras graves de las agudas, y otros confunden a Rómulo Gallegos con Rómulo Betancourt —El gordo Jeanco, risueño y avergonzado, tiró la mirada al suelo—. No dudo que nuestro trabajo de aula haya podido ser mejor, pero lo que han vivido en este tiempo, la manera como han asimilado la pérdida y el dolor es una valiosísima experiencia de vida sobre la que no existen cursos ni teorías ejemplares. El aprendizaje de la ciudadanía ha sido desgarrador. No han perdido el tiempo, muchachos. Cada segundo vivido en esta tierra de nadie es una lección inolvidable que, cuando esas nubes se abran, cuando volvamos a ver el sol, porque les juro que algún día ese cielo se abrirá, los hará ser mejores personas, hombres y mujeres de bien para los que no estará permitido dar pasos en falso». Un detalle llamó mi atención y, en parte, condicionó el resto de mi arenga: la mano de Román estaba apoyada en el vientre de Mimi, como acunándolo. «Solo quiero decirles algo a los que logren sobrevivir a este absurdo genocidio: no olviden lo que les tocó vivir. No menosprecien la memoria de estos tiempos abyectos. Recuerden a sus amigos caídos, háblenles a sus hijos de ellos, levanten monumentos en homenaje a su memoria. No dejemos que los mate el olvido, el más desleal de los victimarios. Durante muchos años, cuando enseñé la cátedra de historia de Venezuela, me pregunté cuál era la identidad de este país. No me conformaba con las consignas patrioteras. Me sabían a poco. La carta de Jamaica nunca me dijo nada, porque los gendarmes vaciaron el contenido de los símbolos, vulgarizaron el pasado, convirtieron a los héroes en fantoches y las gestas de independencia en festines ordinarios; degradaron todo lo que tocaron, hasta la humillación absoluta. Ustedes me enseñaron a comprender el significado de nuestra esencia, el verdadero concepto del arraigo. Entiendan esto: la identidad no es más que la conciencia del dolor compartido, la sumatoria de todas las heridas, la compilación de los fracasos, atropellos y desfalcos que le tocó padecer a nuestro siglo. La identidad es la memoria de las cosas perdidas. Venezuela significa duelo. Quisiera tener la convicción suficiente para decirles que reencontrarán sus ilusiones, que la felicidad es asequible y que el futuro estará lleno de oportunidades, pero no estoy seguro de que eso pueda pasar. Sería irresponsable afirmarlo. Si hubiera estado en mis manos, les habría entregado el mundo, pero yo solo soy un profesor de bachillerato que lo intentó, que hizo lo que pudo para darles algunas herramientas con las que salir a vivir, pero que sabe que su esfuerzo no fue suficiente. Si les fallé, perdón. Yo también tengo miedo, estoy cansado, exhausto. Si he logrado mantenerme en pie es solo porque ustedes me han impedido desplomarme. Les pido, por favor, que, pase lo que pase, no pierdan la fe. No desfallezcan, no tiren la toalla. Discrepo, mi querido Jeanco. No acepto tu renuncia. Tienen la vida por delante, una vida que puede durar poco, sí, pero una existencia que puede marcar la diferencia. Aunque parezca que todo está perdido, aunque todo se derrumbe a nuestro alrededor, aunque nos falte el aire, aunque pasen los años y no volvamos a ver el sol, no menosprecien su sacrificio. Están aquí, vivos, cada uno con un nombre propio, con una sonrisa en la cara y con un inmenso corazón cuyo latido es la ruina de toda tiranía. Aunque no esté permitido soñar, sueñen. Yo me hago responsable. Seguimos de pie. No sabemos hasta cuándo, pero estamos aquí, y eso tiene un valor, aunque el enemigo se empeñe en convencernos de que no somos nada. Gracias, muchachos. Muchas gracias. Ha sido un inmenso privilegio trabajar para ustedes, compartir este tiempo. Créanme, lo que yo haya podido hacer por ustedes, no es comparable con todo lo que han hecho por mí».

La impertinencia de Ascanio quebró el efecto letárgico,

fue el único que aplaudió. Los graduandos tenían las miradas perdidas, en las ventanas cerradas o en las manchas del suelo terracota. El chino Wong se acercó a la barra. Tenía los nombres escritos en una servilleta. Giménez se paró detrás del carrito de postres y, una por una, levantó las medallas de latón. Antonio leyó de manera pausada: «*Alvales*, José Luis». Abrazo sonreído. Tomé la insignia de las manos del anfitrión, José Luis se inclinó. «¡Profe! Gracias». «A ti». «Echenausi, *Andlea*». Inexpresiva, avanzó hasta la tribuna. Reverencia robótica, retrocedió sin quitarme la mirada, con la lagartija del cuello dormida y la mochila negra colgada de la espalda. «*Helnández, Jean Calo*». Palmadas en el hombro, abrazo sonoro, fuerte. «¡O captain, my captain!», me dijo al oído, haciendo referencia a una de sus películas predilectas. Cada medalla era acompañada de una lumpia, que había que mojar en un pote de salsa agridulce. «López, Esteban». Lágrimas en sus ojos, sonrisa enternecida. «*Montelo*, Román», la expresión celosa, competitiva, había desaparecido. Me dio la mano, apretó con fuerza. En su antebrazo había un nuevo tatuaje: un tambor diminuto y roto. «*Toval, Malia Victolia*». Carcajada radiante. «¡Profe, gracias! Te quiero y lo sabes». «Y yo a ti, Mimi». «Gracias, de verdad. No sabes cuánto. ¡Soy una galla, perdón!», confesó secándose las mejillas. Hubo otros estudiantes, tres o cuatro, de esos que conforman la vasta sociedad del anonimato, pero que, a su manera, sin llamar la atención, mantienen una lealtad inquebrantable con aquellos que fuimos sus docentes. Quedaba una medalla sobre la mesa, los muchachos acordaron reservarla para el momento en el que Marcel Hidalgo recobrara la libertad. Jean Carlo se la guardó en el bolsillo.

«Ha *telminado* el acto de *glado* de la *plimela plomoción* Giménez-Ascanio-Wong». La ovación fue inmensa. Imitando las películas gringas, lanzaron al cielo las servilletas usadas, humedecidas por las lumpias. Comenzaron los murmullos, el ruido, las idas y vueltas. Risas compartidas. Felicidad breve, pero genuina. Román se acercó al equipo de música empotrado en la esquina. Comenzó a sonar un reguetón. Mi percepción de la música caribeña era bastante limitada, solo sabía distinguir entre la salsa y el merengue. Todos esos ritmos repetitivos y cansinos que aparecieron con el cambio de siglo me parecían despropósitos idénticos. A mí solo me gustaban las canciones de Éxigo. Los chicos comenzaron a bailar. Andrea y Jean Carlo se montaron en una mesa, lo que provocó un estallido de silbidos. La tomaba por la cintura, acercando los cuerpos, juntando las caderas, haciendo los movimientos de un animal en celo. *No va a ser tan fácil / Aunque me esquives como quiera / Tras de ti, voy tras de ti (yeh) / Tú tienes todo lo que quiero para mí / Y tú tan sola por ahí / Detrás de ti voy a seguir / Yo sé que lo bueno toma tiempo*, lady. Esteban y José Luis bailaban a su lado, abajo, empeñados en un beso profundo. Román y Mimi completaban el triángulo, mientras un poeta puertorriqueño llamado Ozuna declamaba exaltado: *Es que me gustas tú na› má› / No me importan las demás / Una vaina loca que me da / Que por más que intento no se va*. Mimi se acercó hasta la barra, me tomó las manos y me invitó al centro de la pista. Los complací en hacer el ridículo, emocionado por su alegría pasajera. Tenía muchos meses sin verlos así, sin el consuelo de un instante de paz. La fiesta de grado en el bar de Giménez les devolvió un mínimo sosiego. A pesar de la brevedad del banquete, a pesar de que lo que les colgaba del cuello era una medalla de latón ganada en un torneo interurbano de *softball*, sentían que se habían graduado con honores; sabían que era un artificio, una ridiculez, pero aún así disfrutaron la burda fantasía de su triunfo. Ascanio y Wong se sumaron a la rueda, alzaban las manos, cantaban: *Es que me gustas tú na› má› / No me importan las demás / Una vaina loca que me da / Que por más que intento no se va*. Fingí sed, cansancio, regresé a la barra. La señora Hernández estaba tomándose un ron Aniversario. Le pregunté cómo se sentía, mintió. El hematoma en la frente estaba verde, algunos movimientos le provocaban dolor, pero dijo que se sentía bien. «Muchas gracias, Fernando». «No tengo nada que ver con esta fiesta, fue idea de Ascanio y de Wong». «No me refiero a esto, sino a todo». «Es mi trabajo, Elena». «No solo es tu trabajo, tú lo sabes. No sé si eres consciente de lo que significas para ellos». La coreografía de Jean Carlo y Andrea era perfecta, parecían modelos, bailarines profesionales de salsa casino. En algún giro, Jeanco intentó besarla, pero ella lo esquivó. «Mi Gordo está enamorado de esa niña desde que era un enano, pero esa muchacha tiene el corazón de piedra». Brindamos. «Usted me dirá que son necedades de madre; que lo que yo siento debe sentirlo cualquier mujer que haya parido, pero yo sé que mi hijo está llamado para algo grande. Dios lo protege, lo vigila, lo cuida. Marcel está preso porque se devolvió a ayudar a Jean Carlo. La Guardia los perseguía por Chacaíto, el Gordo se cayó, perdió el equilibrio. Marcel volvió por él, lo ayudó a levantarse, por eso lo atraparon, le dispararon en la pierna. "¡Corre, Jean Carlo, corre!", fue lo último que dijo antes de que lo metieran en la perrera. El día que mataron a Jacobo estaba en la casa, planchando o haciendo cualquier cosa. Escuché la explosión de la gasolinera. Sentí algo aquí, en el pecho, en lo más hondo. Salí a la calle sabiendo que algo le estaba pasando a mi hijo, y fue cuando lo vi rodeado de esos malditos. No lo pensé, me lancé sobre él. Una vez más, Dios lo protegió. Yo sé que él tiene una misión en este mundo, aunque ahora mismo no sé cuál es. El tiempo nos lo dirá». El réquiem del poeta Ozuna terminó en *fade*. A pesar de su pobreza melódica, *Una vaina loca* fue nuestra sinfonía fantástica, nuestra *Heroica* derrota, el más fugaz y perecedero himno a la alegría.

«El señor Saramago era un sabio. Siempre supo lo que iba a pasar, trató de advertirnos, pero no le dimos importancia». Moreira palpó los lomos de los libros en la biblioteca, encontró el título que estaba buscando, lo abrió al azar. «Aquí está —dijo después de unos minutos, tras distraerse en la lectura silente—. *Esto no es Portugal, es un pedazo de otro mundo, lo que queda de un monstruoso meteorito que vino del espacio y, al caer, se partió para dejar pasar el agua de la tierra.* Mire usted, quién lo diría, el asunto del asteroide, no es más que la vuelta al origen. Todo está escrito, Fernando. Y no solo en Lisboa. Créame cuando le digo que existe algún escribidor ingenioso que sabe muy bien lo que ocurrirá con nosotros, con usted, conmigo, con este país. He vivido muchos años, querido amigo, he conocido a muchas personas. He padecido la dicha y el pesar. Nada ni nadie podrá convencerme de que la realidad es aleatoria o de que nuestras peripecias, por más insignificantes que parezcan, no forman parte de un plan mayor. Dios sabe a dónde va, nosotros no. La incertidumbre es nuestra carga y nuestro problema». Las marcas del hambre arrugaban mi figura desgarbada. Moreira me ofreció pan y un plato de caldo verde. Me preguntó si tenía nuevas noticias sobre Portugal, pero solo sabía lo que había escuchado en el BusTV. La televisión era un teatro de títeres. Los contenidos sobre la tragedia europea en los programas informativos eran vertidos con cuentagotas. Desde que se reactivaron las redes sociales, el control sobre todo lo que se decía se hizo más estricto. Los *hashtags* dedicados al cataclismo desaparecieron. Solo permanecían los tuits que defendían la tesis de la hecatombe inducida. El discurso oficial era la única ventana a los efectos de la catástrofe, por lo que no podíamos estar al día sobre las decisiones de la cumbre de emergencia de Braga ni los planes de la Unión Europea para hacer frente al incontrolable flujo de refugiados. La casa de Moreira seguía siendo mi torre de marfil, mi burbuja predilecta, el único lugar en el que sentía que la soledad no alcanzaría a desmembrarme.

«El regreso a Lisboa fue el desengaño más profundo en la vida de Agustina. La Revolución no nos tomó en cuenta. Cuando llegamos a la Praça do Comércio, los claveles de abril estaban marchitos. La ilusión quedó pulverizada, a la merced del viento. No había sitio para nosotros. Después de la caída del Estado Novo, Agustina cambió de actitud. La certidumbre de que, en un corto plazo, retomaría su vida en Portugal, moderó a su antipatía. Estaba convencida de que los días en Caracas iniciaban su cuenta regresiva y la idea del retorno alivianó sus reconcomios. Mi Agustina no se dio cuenta de que el mundo había girado sin ella, de que la juventud había llegado a su fin y de que su misteriosa salida de Lisboa había levantado múltiples suspicacias. Portugal estaba intacto, apenas cubierto por una pátina de tiempo, pero su corazón había comenzado a descongelarse. La libertad conquistada insufló un aire de esperanza en la gente. Cuando la opresión y el despotismo se han convertido en algo normal, cuando la Historia de un país comienza con el apellido de un hombre y las versiones apócrifas son sancionadas con la cárcel, cuesta aceptar los cambios y pensar que la vida puede ser vivida de otra manera, pero era la verdad. Había ocurrido: los tiempos de Salazar habían terminado.

»Decidí acompañarla a Lisboa, preocupado por su bienestar. Si tenía que dejarla ir, quería confirmar que tendría un lugar a donde llegar, que haría las paces con su padre o que sus viejas relaciones en la universidad o el teatro le permitirían encontrar un oficio. Nuestra situación legal estaba en el limbo. El matrimonio era una farsa. A los ojos de Dios y de los hombres, yo seguía casado con Lucía. A pesar de su misteriosa liberación, Agustina había sido víctima de la PIDE, por lo que, en teoría, podría reclamar alguna indemnización por daños y perjuicios ante los tribunales que comenzaron a formarse. Lo que ocurrió después, visto en perspectiva, resulta previsible, pero nuestra emoción lo había pasado por alto.

»Los viejos amigos de Agustina se mostraron distantes, afectados por su aparición inesperada. Una de las pocas personas que la recibió le dijo que Arlindo fue asesinado por los organismos de seguridad del Estado, semanas después de la detención. El cuerpo apareció en el parque Enrique VII, con signos de tortura. Alegaron suicidio. Una compañera del teatro la reconoció en un restaurante de la Rua da Prata. Se acercó a nuestra mesa y le escupió en el rostro, la llamó traidora, porque todos los que la conocían pensaban que su libertad repentina había tenido un precio. Se decía que su padre había movido los hilos del poder, que su influencia había logrado salvarla, con la única condición de que debía delatar a sus amigos, comprometidos con el PCP. La defensa de Agustina fue desestimada. Ninguno de los supervivientes dio crédito a sus argumentos. Mi mujer no fue capaz de explicarle a sus viejos amigos que un oficial de alto rango de la PIDE había decidido liberarla, por la mera satisfacción de hacer lo correcto. No estamos acostumbrados a la buena fe, mucho menos en tiempos de dictadura, cuando el espíritu de los hombres se envilece y solo se lucha por su supervivencia. El reconcomio contra el pasado era efervescente. No había tolerancia contra los hipócritas. El hermano menor de Arlindo se encontró con Agustina en los jardines del castillo de San Jorge. La acusó de colaboracionismo. La amenazó con iniciar acciones legales. Le dijo que su familia estaba al tanto de todo lo que había hecho y que no descansarían hasta verla enfrentar a la justicia.

»Mientras Agustina confrontaba su destino, mientras caía en cuenta de que la habían expulsado del paraíso, me dediqué a recorrer los arrabales de Lisboa. Y vi mi juventud perdida, reflejada en las vidrieras de los comercios, a la espera de un destino que no se cumplió, que dio la vuelta en u. Muchas veces, Fernando, las elecciones que hacemos, las decisiones que tomamos, son una celada de Dios en la que nuestra voluntad no tiene voz ni voto. Yo nunca concebí una vida más allá de Gouvinhas. Luego, cuando salí de Trás-os-Montes, pensé que había encontrado mi lugar en Lisboa, pero de repente me encontré acodado en un barco, al lado de una niña que quiso vivir demasiado aprisa y que, como por arte de magia, se había convertido en mi mujer. Alguna vez, le confieso, soñé con la posibilidad de regresar a mi pueblo de montaña, de recoger algunas castañas y ofrecérselas a la memoria de los seres queridos, pero aquel país dejó de ser mi país. Mucho antes de la devastación, Portugal ya era para mí una cortina de humo que solo lograba descorrer a través de la evocación. Perdone la digresión. La tristeza es inevitable cuando se tiene conciencia de que nunca podremos regresar a los lugares en los que fuimos felices. Volvamos al año setenta y cuatro, acompáñeme a recorrer las calles empedradas de Lisboa. En aquel recorrido, me pregunté qué habría sido de Lucía, tenía miedo de encontrármela y de que me echara en cara mi cruel abandono. También me pregunté qué habría sido de mi vida si hubiera permanecido a su lado. Hice balance. Contrasté los escenarios y me sentí satisfecho por mi buena suerte. Entre un fantasma y un demonio, la elección no resultó tan complicada.

»Cuando regresé al hotel, Agustina estaba desesperada. Me contó sus hallazgos y desencuentros. Se abrazó a mis piernas, incapaz de asimilar lo que le estaba pasando. ¡Cómo me dolía verla sufrir y no poder hacer nada!, porque la verdad, Fernando, a pesar de todo lo que habíamos compartido, me había enamorado de ella. Nada en este mundo me interesaba más que la felicidad de Agustina. Hacía tiempo que me había resignado a su distanciamiento, a dormir en el suelo, pero yo la quería y no me gustaba verla triste. No encontró lo que buscaba. La persecución de sí misma no la llevó a ninguna parte. Aquel viaje fue una escisión, una ruptura radical en su alma de mujer adulta. La visita a su padre también resultó una decepción. El viejo Urbano Gomes, arruinado, envilecido por las deudas, apenas la reconoció. La idea de que su hombre de confianza, su chofer, el empleado doméstico de su casa, se hubiera fugado con su única hija lo sacaba de quicio, aunque esa fuga le hubiera salvado la vida. Había seguido adelante sin ella, la olvidó. No hubo emoción al reencontrarla. Cuando la vio, lo primero que hizo fue llamarle la atención por haberse ido sin avisar y haber abandonado a su madre enferma. La casa estaba sucia. Los años de esplendor habían terminado con la desaparición física de Antonio de Oliveira Salazar. Caminamos en silencio por el Bairro Alto. En el jardín de São Pedro de Alcântara, nos sentamos en un banco. Cuando menos lo esperaba, Agustina me dictó los próximos pasos: "Regresemos a Caracas, Moreira. Este no es nuestro lugar, no pertenecemos aquí".

»En el vuelo de vuelta ocurrió un imprevisto: Agustina me tomó la mano, y no la soltó hasta que aterrizamos en Maiquetía. Lisboa desapareció en la distancia, se hizo pequeña, diminuta e invisible. Las nubes cubrieron con su velo nocturno el último vestigio de Europa. Mi joven esposa cerró los ojos y movió los labios, como si estuviera rezando. Años más tarde, me confesó su maldición. Agustina imploró por la destrucción de Portugal, le pidió a Dios que la hiciera estallar en pedazos y la borrara del mapa. Con el paso de los días, *La escena del odio* del señor Almada se convertiría en su lectura predilecta. Conoce el poema, ¿no? *¡Soy rabia de medusa y Cólera del sol!* La ira la protegió de dolor. Una ira falsa, pero necesaria. El desprecio, en ocasiones, nos ayuda a pasar página, a alejarnos de las cosas que nos hacen daño y eludir la responsabilidad de nuestros errores. La rabia es irracional y agresiva. Muchas veces, nos hace decir cosas de las que nos arrepentimos. Si Agustina hubiera sido capaz de imaginar que, alguna vez, un asteroide perdido respondería a su conjuro, nunca se hubiera atrevido a convocarlo. El resto del vuelo se mantuvo en silencio, con la mirada perdida en el cielo negro e impoluto. Durante nueve horas, no me soltó la mano. Antes de llegar a Caracas, acarició mi rostro. Me miró de otra manera. No era la misma persona. Algo había cambiado en su interior, apoyó la cabeza en mi hombro. Había tomado una decisión, había decidido seguir el camino que le tocó, sin mirar atrás, sin pensar que aquello que no pudo ser era mejor que su presente. "Comencemos de nuevo, Moreira. Perdóname por todas las cosas que he hecho durante todos estos años, perdóname por haber sido la persona que fui. Tú no te lo mereces. Te prometo que, de ahora en adelante, todo será diferente para nosotros. No creo que sea tan difícil ser feliz".

»Desde ese momento, nos convertimos en un matrimonio completo. Me permitió dormir a su lado, acompañarla en la cama. No soy capaz de describir la emoción que sentí la primera vez que, tras años de accidentada convivencia, vi a mi esposa desnuda, con la piel mustia y ajada por el tiempo, cubierta con el manto de la belleza originaria. Agustina me entregó su amor, pero no es propio de caballeros contar los detalles de su intimidad con la mujer amada. Usted, que es un hombre de bien, entenderá mis reservas. Baste decir que me amó y que, hasta el día de hoy, a pesar de la enfermedad y de la guerra, me ha hecho sentir afortunado y dichoso. Teolinda se convirtió en su mejor amiga, le enseñó todo lo que sabía sobre el mantenimiento de la casa, los quehaceres domésticos, los trabajos ocasionales. Una noche, mientras leía una novela de Raul Brandão, recordó la mañana en Trás-os-Montes en la que quiso enseñarme a leer. Me propuso continuar con la lección inacabada. De esa manera, noche tras noche, asistí a un estimulante y enriquecedor taller de lectura, hasta que caía dormido entre los brazos de la mujer más hermosa de este mundo. No se moleste, querido amigo. No quisiera, con este reconocimiento, menospreciar la belleza de su Tatiana. Todos los hombres enamorados tienen para sí la mujer más hermosa del mundo, y esa fascinación no compite ni ofende, porque cada corazón tiene sus propias aficiones. Me costó aprender a leer, era difícil. Al principio, podía pasar más de treinta minutos en un párrafo, avanzando de sílaba en sílaba, a paso lento, hasta captar el sentido de las frases. Me hice asiduo de la librería Divulgación, que mi amigo Sergio Alves recién había abierto en el Centro Comercial Los Chaguaramos. Algunos escritores son más difíciles que otros. El señor Saramago, por ejemplo, ¡cantés! Cómo le gustan los trabalenguas. Nunca entendí las novelas del señor Lobo Antunes o los poemas de Herberto Hélder, ni la *Finisterra* del señor de Oliveira que, aquí entre nos, no tiene ni pies ni cabeza. Yo prefiero las historias sencillas, como las de mi querido Eça de Queiroz quien, durante mis años de formación lectora, resultó mi más preciado amigo y compañero de viaje.

»El negocio de Lourenço prosperó. La agencia gozaba de prestigio entre algunas familias de abolengo. El partido Acción Democrática organizaba suculentos banquetes cada fin de semana, por lo que el trabajo era constante y bien remunerado. La relación de mi hermano con Agustina era incorregible, pero al menos comenzaron a tratarse. La tensión entre ellos desapareció de las *caldeiradas*. El éxito de la empresa le permitió comprar una casa grande en Colinas de Bello Monte, en la avenida Chama. La idea era utilizar la planta principal como salón de fiesta y alquilar los patios para celebraciones más pequeñas. Nosotros permanecimos en el Prado de María, éramos felices ahí y, además, temíamos perder lo que habíamos encontrado, porque con cada mudanza, Fernando, se pierde algo. Algunos espacios tienen vida propia y son coescritores de nuestra fortuna. Las paredes sufren con el alejamiento, algunos enseres pueden resentir nuestra ausencia y guardarnos rencor.

»El día menos pensado, Agustina retomó su relación con el teatro, pero lo hizo de una manera discreta, desde otro ángulo. El señor Romeo Costea, a quién conocía desde los tiempos de los montajes de Curiel, fue su mejor amigo, su lazarillo. La casualidad los reencontró en la Plaza de las Tres Gracias. El intratable *Petit Pois* dirigía una escuela de teatro para jóvenes bachilleres y necesitaba un asistente. Romeo era un hombre pequeñito, pero tenía el temperamento de un titán iracundo. Agustina, sin proponérselo, se convirtió en su mano derecha, en la depositaria de su furia; era rumano, pero afrancesado. Cuando lo conocí, me pareció un poco engreído, pero a Agustina le fascinaba su pedantería. "¡Nada de vanguardias!", gritaba iracundo. "Quieren atravesar el océano sin saber nadar". Decía que los criollos querían construir las casas por el tejado, pasar al señor Genet sin conocer al señor Shakespeare, o a *Esperando a Godot* sin comprender el argumento de *La vida es sueño*. El señor Romeo fue quién le enseñó a Agustina la importancia del teatro clásico, porque durante sus años de formación en Portugal ella también había sucumbido al sortilegio de lo moderno, como si el mundo hubiera comenzado con la Revolución rusa. La juventud tiene prisa, querido amigo, menosprecia el pasado, y cada generación piensa que tiene a Dios agarrado por las barbas. La escuela de Romeo estaba orientada a los jóvenes del Municipio Libertador, trabajaba los textos de Molière, Racine, Corneille. Yo nunca había oído hablar de esos señores. Agustina los leyó con interés y colaboró, desde la parte técnica y administrativa, con varios montajes escolares. Se sentía a gusto con su nuevo rol, al otro lado del escenario. Los sueños de los jóvenes que salían a escena la conmovían tanto como, alguna vez, la habían conmovido los suyos. Las ilusiones humanas no mueren, Fernando, solo se transforman. Hay que pasar el testigo, ceder la llama. Si tenemos un objetivo y las circunstancias no nos permiten cumplirlo, podemos seguir intentándolo, ayudando a los que vienen detrás y comparten nuestra visión del mundo. La niña Agustina soñaba con ser artista. Tenía un teatro de títeres en su casa de Gouvinhas, se sabía de

memoria los parlamentos de las películas de la señora Amália
Rodrigues, pero cuando no lo logró, cuando reconoció que
había perdido su tren, no desfalleció, y puso lo mejor de sí
para que sus discípulos no cometieran los mismos errores,
para ayudarlos a volar. Así transcurrieron nuestros mejores
años, entre los talleres de *Petit Pois* y las lecturas nocturnas.
Me demostró su amor hasta el final, hasta que la enfermedad
apareció para importunarnos.

»Unos meses antes del primer síntoma, antes de mudarnos
a Bello Monte, ocurrió algo que trastocó nuestras vidas y
que le dio un giro a nuestros últimos años. El tiempo nos
puso una encomienda. Una tarde de marzo, recibimos una
visita inesperada. Como en las más intrincadas novelas del
señor Eça de Queiroz, se nos reveló la verdadera razón de
la misteriosa liberación de Agustina, entendimos por qué
le habían perdonado la vida. Pero es tarde, querido amigo,
la noche acecha y puede ser peligroso para usted vagar por
estas calles heladas. El final del cuento lo conocerá en otro
momento y, quizá, en otro lugar».

Ocurrió lo impensable, quebraron el espíritu de Ascanio.
Las llamas destrozaron la papelería. Una bomba molotov

rompió las ventanas; ardieron las persianas rotas, la fotocopiadora (que no funcionaba desde hacía tres años) y las resmas de papel podrido, apiladas contra los anaqueles. Los motorizados dispararon al aire para intimidar a los vecinos que se acercaban con extintores vacíos. Ascanio decidió inmolarse, pero el chino Wong impidió su sacrificio. Antonio esquivó las llamas, entró al local y lo sacó por la fuerza, apagando a patadas las llamas que le quemaban las piernas. «¡Mi negocio, mi negocio!». La sonrisa había desaparecido. La humillación deformó su entendimiento. El viejo Leonidas quería perecer en su pequeño mundo, rodeado de su colección de sacapuntas. El chino Wong hacía un esfuerzo inmenso por sujetarlo. «¡Mi negocio, Antonio, mi negocio!». Los miembros de los colectivos, ostentando pistolas, insultaron a Ascanio, lo llamaron ladrón y traidor a la patria, amenazaron con matarlo. Más tarde supe que algún vecino inconforme lo denunció. El demandante declaró ante el SUNDDE que la vieja papelería de la avenida Miguel Ángel era un centro de bachaqueo en el que se podían encontrar medicinas descatalogadas y artículos de primera necesidad, en detrimento de la de la Ley de Precios Justos. No era un secreto para nadie que la librería era un mercado, pero era un punto esencial para nuestra subsistencia; podíamos prescindir de la sal y del azúcar, incluso del café, pero si queríamos permanecer en el mundo teníamos que alimentarnos, con atún o con pasta, y Ascanio hacía un esfuerzo inmenso por reunir suficientes enseres con los que satisfacer la angustiosa demanda. Me consta que no ganó nada. Apenas especulaba. Lo poco que producía se lo brindaba a sus amigos los fines de semana en el bar de Giménez, con la única condición de que tenían que escucharlo exponer sus peroratas en torno a la libertad.

Las llamas consumieron el edificio. Un camión cisterna se estacionó en la esquina, pero no tenía agua. Los funcionarios de Defensa Civil corrían de un lado para el otro, tratando de evacuar los apartamentos cercanos; inútiles, parados junto a los curiosos, cruzaban los dedos a la espera de un aguacero. Las llamas amenazaban con extenderse a lo largo de la cuadra. El jefe de los Bomberos de Baruta, desesperado, ordenó a los vecinos que bajaran con tobos hasta el Guaire e improvisaran una cadena. Una lluvia de pipotes cayó desde las ventanas abiertas. Ancianos, niños y mujeres hicieron una fila hasta las márgenes del río, llenándose las manos de mierda. El incendio se extendió hasta La Espiga. Mendigos y guachimanes evacuaron el Central Madeirense. La gente corría por la calle sosteniendo sus pocas pertenencias, mientras contemplaba el incendio que devoraba Bello Monte. La Guardia Nacional acordonó la zona. Dos ballenas bajaron desde la autopista, se montaron sobre la acera y apagaron el fuego. El dueño de la farmacia confrontó a los oficiales por su retraso, por su indolencia frente a los motorizados, responsables del incidente. El funcionario de mayor rango lo golpeó en el estómago y lo lanzó de cabeza en la parte de atrás de una camioneta. Los vecinos furiosos, ahumados, pusieron los tobos en el suelo y comenzaron a lanzar pelotas de mierda contra las patrullas. Los esbirros huyeron en desbandada. El edificio de la librería se derrumbó. «¡Mi negocio, mi negocio!», repetía Ascanio, abrazado a Wong, extendiendo las manos hacia la tienda desaparecida. Las ballenas se fueron en dirección a Las Mercedes, llevándose todo por delante, atropellando ancianos, dejando la avenida convertida en un vertedero.

Con el paso de los días, llegó el acostumbrado remanso. La furia cesó, molida por el hastío y el hambre. De la tarde del incendio solo quedó el agujero negro de la librería y un color ocre, amarillento, grabado en las paredes de las tiendas. La mierda se diluyó sobre el concreto. Las alcantarillas estaban tapadas por escombros. Los gusanos de cera hacían cola para volver a los desagües. La Miguel Ángel era una carretera de tierra. Y nos acostumbramos al olor, resignados a vivir el resto de nuestros días en una letrina. El cierre de la papelería problematizó la subsistencia. Los vecinos que acusaron a Ascanio fueron los primeros en echarlo de menos, en lamentar su suerte. Los hornos de La Espiga, la Sabrina y la Oh Lalá dejaron de funcionar. El suministro de alimentos quedó en manos de los más desalmados bachaqueros. Las enfermedades aniquilaron a los niños pequeños. Por las noches, se escuchaba el llanto desesperado de los recién nacidos, que exprimían los pechos de sus madres anémicas. Los bebés abandonados en los basureros satisfacían el hambre de los perros callejeros, pero a pesar de la degradación continua y de la humillación abanderada, nuestra miseria era un tabú. La única manera de sobrevivir era seguir adelante, como si nada hubiera ocurrido, como si la pérdida de la dignidad fuera algo corriente. No había alternativas. Teníamos que asimilar la podredumbre, aceptar los amedrentamientos de los colectivos armados, bajar la cabeza, abrazar a los seres amados y resguardar ese fragmento de felicidad en la diminuta burbuja del hogar. Si algún vecino se atrevía a decir en voz alta que la situación era insostenible, era censurado por su pesimismo, por su actitud derrotista. Con jerga didáctica, aprendida al caletre, le explicaban que vivíamos en una ciudad privilegiada y bendecida por la invisible cima del cerro El Ávila.

Dos semanas después del incendio, se formalizó la expropiación de La Sibila. Una comisión del SEBIN, presidida por Prepucio, me entregó un documento mal escrito en el que algún Ministerio de No Sé Qué Poder Popular otorgaba el control de las instalaciones de la quinta a otro Ministerio de Otro Poder Popular. La presencia policial en la avenida Chama garantizaba la vigilancia de la zona que, en los últimos meses, había mostrado exacerbados focos de disturbios. Funcionarios borrachos entraron a la casa y la desvalijaron. Tiraron a la calle las viejas utilerías, el carromato de Madre Coraje y el castillo de anime de *Ricardo III*. Una tanqueta del Ejército se instaló en la puerta. Me obligaron a firmar la orden de ocupación y me preguntaron por Moreira, propietario legítimo del inmueble. Alegué inconvenientes de salud, tratando de salvarlo. Los vecinos silentes formaron un círculo alrededor de La Sibila. Los muchachos, inexpresivos, cabizbajos, con lágrimas en los ojos, contemplaban tranquilos como nuestro teatro era desalojado y transformado en un cuartel.

Jean Carlo tenía el puño cerrado. Me di cuenta de que tenía una piedra en la mano. Me acerqué con discreción, me paré a su lado, le hablé al oído. Sentía que Alexander no nos quitaba la mirada de encima. «No se te ocurra, Jeanco, por favor —supliqué—. Este no es el momento». «¿Entonces cuándo?», murmuró. No respondí. Temía decirle que nunca llegaría el momento. Estábamos en el mismo lugar en el que le habían disparado a Jacobo. «No es justo, profe. No podemos ser tan pendejos. ¡Ya basta!». Levantó el puño, con ganas incontenibles de matar. «¡Jeanco, coño. ¡Escúchame! Yo hoy no voy a enterrar a un estudiante. ¡Suelta esa piedra, ya!». Alexander se acercó, con las manos en la cintura. La intervención de Andrea evitó la masacre. Tomó el brazo de Jean Carlo, lo bajó con delicadeza, le quitó la piedra de la mano y se la guardó en el bolsillo. Se paró a su lado y entrelazó sus dedos. Tardé en darme cuenta, pero todos los muchachos se habían tomado de la mano: Mimi, Román, José Luis, Esteban y el coro de los anónimos. Hicieron un círculo alrededor de la tanqueta. No estaban haciendo nada malo, pero sabía que Prepucio podría interpretar esa forma inofensiva de protesta como una provocación inaceptable. «Profesor Morales, dígale a sus perros que se vayan para sus casas si no quieren problemas», me advirtió con pedantería, mostrándome un FAL. «Hace tiempo que le tengo ganas al gordito», comentó al acercarse. Temblando, con las piernas dormidas, caminé hasta el centro del círculo. Uno por uno, los vi a la cara. Apenas hice un gesto, alcé la mano, chasqueé los dedos e improvisé una línea recta sobre el aire, como hacíamos en los ensayos de teatro. Interpretaron la seña, se soltaron, comenzaron a caminar en dirección contraria, hacia la avenida Miguel Ángel. «¡Carajo, Morales! ¡Los tienes bien amaestrados!». Me escupió con su risa. Señaló mi entrepierna, un óvalo de orina me manchaba el pantalón. Los soldados también se burlaron de mi debilidad. «Ja, ja, ja. ¡El becerro se meó!». «¡Revísate pa' ver si estás caga'o!», cantaron a coro, lanzándome a la cara un rollo de papel *tualé*. Caminé en dirección a mi casa, seguían insultándome, riéndose de mi ruina. Algunas vecinas, madres de exalumnos, salieron a mi encuentro. Me dijeron que podían ayudarme a lavar la ropa porque, a pesar del corte del suministro, habían logrado llenar más de seis tobos de agua.

VII. Ofertorio: coro de las ánimas del purgatorio. *Haja o que houver*

El rumor me llegó en la barra de Giménez: Tatiana se iría del país, cruzaría la frontera por Colombia, con destino a Santiago de Chile. Las desgracias comunes no son ajenas a la maledicencia. El engaño de Tati fue motivo de burla para muchos tertulianos de la cuadra. Mi matrimonio había despertado las envidias de los hacedores de chistes, que compartían sus vidas con mujeres desgarbadas y no soportaban ver a uno de los suyos junto a una chica joven y bonita. No recuerdo quién me lo contó, pero lo dijo con saña. Me preguntó que cuándo nos íbamos para Colombia, que había sabido que Tatiana había comprado los pasajes de autobús hasta San Cristóbal. No caí en el juego, le dije que nos iríamos pronto. Aturdido por la información, decidí caminar hasta la óptica. La bomba PDV, la vieja Texaco, era un cráter enorme. El resto de Las Mercedes era una avenida desolada en la que aparecían algunos brotes de abundancia: fachadas de restaurantes gourmet, camionetas de última generación, guardaespaldas armados y niños de veintitantos años vestidos con ropa de marca, protegidos por la plenitud de su burbuja. Caminé hasta el Centro Comercial Paseo, oscuro, abandonado, con la mayoría de las tiendas cerradas. La rotura de una tubería de aguas negras había inundado el sótano, inutilizando los espacios del Centro Cultural Trasnocho y la librería El Buscón. El olor a cañería impregnaba el recinto, la escalera que llevaba al cine y el teatro era la entrada a una cloaca. La óptica estaba vacía, con algunas monturas baratas expuestas en la vidriera. Yolanda se puso nerviosa, comenzó a rascarse las palmas de las manos, como hacía en los exámenes de Historia, tantos años atrás. «¡Profe!», dijo sonreída. «Necesito hablar con Tatiana, es importante». Salió del mostrador, se quitó la bata, se sentó. «Profe, no es mi problema, no quiero meterme. Lo siento, de verdad». «Respóndeme algo: ¿es verdad que Tatiana se va para Colombia?». Incomodidad en su rostro. Resopló, entró a la oficina, buscó su teléfono, marcó un número. Esperó siete segundos: «Chama, resuelve tu peo». Me entregó el celular. Se fue. Solo me bastó escuchar la voz de Tati para que todo pasara. La rabia se disipó. «¿Cómo estás?, necesito que hablemos». «¡Eres una vaina, Fernando!». Colgó sin despedirse. Pasé el resto de la tarde en la barra de Giménez, haciendo nada, viendo en la televisión los preparativos para un concierto benéfico. Regresé a la casa de noche, con frío, resignado al desvelo. Cuando pasé por delante del edificio de Ascanio, me pareció verlo acodado en el balcón, mirando la esquina de la papelería desaparecida, con una marcada expresión de reconcomio.

La encontré sentada en la mesa, dándome la espalda. La vela encendida proyectaba su sombra en las cortinas cerradas. Se había cortado el cabello. Sus lentes tenían una nueva montura, revisaba algunos documentos. Contuve la sorpresa, me acerqué y la besé en la mejilla, como era nuestra costumbre, antes del fin. Intenté acariciarle la cabeza, pero esquivó el gesto, me pidió que me sentara frente a ella. «Tienes razón, Fernando. Tenemos que hablar». El parlamento tenía la convicción de un ensayo. El contenido real estaba en la mirada vacía, en el fastidio corporal. Alegó que nunca tuvo la intención de hacerme daño. Me pidió perdón, pero un perdón instrumental, sin fondo. «Si no te hubiera perdonado, no habría podido seguir, no habría podido sanar». Quiso replicar, se interrumpió. Mi tranquilidad parecía ofenderla. «Nunca podrás imaginar, Tatiana, el dolor que me causaste. Hay palabras e imágenes en esos mensajes que no podré borrar de mi cabeza. El daño es irreparable, pero aun así te sigo queriendo y te querré siempre. Eres libre. Siempre lo fuiste. Si crees que estarás mejor en otro país, si crees que puedes ser feliz al lado de ese muchacho, entonces, vete. Si tú estás bien, si eres feliz, una parte de mí estará satisfecha. Tu bienestar será mi beneficio, aunque no volvamos a vernos». Confirmó los rumores. Al día siguiente, en la tarde, saldría en autobús para San Cristóbal. La impostura desapareció. Me mostró el contenido de los documentos dispersos sobre la mesa, tenía la voz quebrada y el lacrimal inflamado; me advirtió que, a pesar de los costos, lo mejor sería formalizar la separación. Respiraba con torpeza, improvisando soltura. «¿Cómo estás?». No respondió. Me levanté. Me arrodillé delante de ella, no evitó la caricia, acomodó la cabeza en mi hombro. Hizo un esfuerzo por contenerse, pero rompió a llorar. Una y otra vez, me confesó sus angustias, su paranoia, su incurable desasosiego. «No puedo seguir un día más aquí, de verdad no puedo. No pude. Me voy a volver loca. Esto no es vida, ni para ti ni para mí. Nunca fuiste tú, no se trató de ti. Lo que hice, no lo hice para hacerte daño... coño, Fer, tú eres el mejor carajo que conozco». Una ráfaga de viento se coló por la ventana entreabierta y apagó la vela de la mesa. Los candiles de la cocina nos dejaron en la penumbra. «Quiero que hagas algo por mí —agregó limpiándose los ojos—. Vete de este país. Construye tu vida en otro lugar. Tienes mucho que dar, Fernando. No puedes pudrirte aquí, esta ciudad está maldita. Tú tienes un talento que no sé describir, los chamos te aman, aprenden vainas contigo. En cualquier otro país, podrías reconstruir tu vida, salir adelante, conocer a alguien, tener una familia». Cómo decirle que no me interesaba conocer a más nadie, que mi única idea de familia la había comprometido con ella. «Menos mal que no tuvimos hijos —refutó mi monólogo—. ¿Te imaginas? ¿Tú sabes lo que sería mantener un hijo en esta mierda?». Le pregunté por las condiciones del viaje, preocupado por su seguridad. Me contó que pagó una fortuna por el pasaporte y que un grupo de amigos juntó dinero para costear los gastos del transporte, alquilaron un autobús privado que los llevaría hasta la frontera. Tenía lugares a donde llegar en Lima, Santiago y Buenos Aires, todavía no había tomado una decisión. «No será fácil, Tati». «Lo sé, pero cualquier cosa es mejor que morirse de tristeza o esperar a que te maten. ¿De qué te ríes?». «Tú y yo, puede que todo se haya terminado, pero fuimos felices, llegamos alto. Tuvimos algo real. Si algún día me necesitas, si las cosas no salen bien, si quieres regresar, esta siempre será tu casa; este apartamento pequeñito que nunca te gustó porque decías que olía a humedad, siempre será tu casa. No te preocupes por mí, estaré bien». La caricia se había instalado en su rostro, me besó la palma mojada. «Respóndeme una cosa, solo una cosa. ¿Óscar Cáceres? ¿Por qué? A menos que haya dado un giro de 180 grados, me atrevo a decir que ese chamo no tiene nada que ver contigo. Ustedes no se parecen. ¿De verdad te enamoraste?». «No, vale. Óscar no significó nada, no significa nada. Pudo ser cualquiera, lo único que necesitaba era una excusa para irme de aquí, para que te dieras cuenta de que no teníamos futuro. Nunca fuiste tú, Fernando. ¡Ey! Mírame. A nuestro amor lo mató este país, no tú». Se levantó, buscó su cartera, se la colgó del hombro. *No te vayas. Por favor, no te vayas.* Silencié mi humillación. Abracé su cuello, intenté besarla, pero evitó mi acercamiento. Segundos después, ella me buscó. Su boca estaba seca, con aliento a cigarro. El acoplamiento se hizo más hondo, nuestras lenguas se juntaron en círculos, girando, manteniendo el pulso. Su mano buscó mi entrepierna, quiso quitarme la correa. Me aparté con disgusto. Las heridas abiertas, a pesar del perdón, seguían provocando escozor. «Nunca tuve que penetrarte para hacerte el amor». Y se alejó furiosa. «Coño, Fernando, ¿por qué tienes que ser tan intenso? ¿Qué es lo que quieres, entonces? Dime, ¿qué quieres?». «¿Para eso viniste? ¡Qué triste este carajo, pobrecito! ¡Me da lástima, me lo cojo y me voy, para que no esté triste!». Avanzó hasta la entrada. «¡Espera!», grité. Se detuvo en seco, nerviosa, confundida y errática. «Dime de una vez qué es lo que quieres». Pupilas enfrentadas. Silentes. «¿De verdad?

Verte dormir». Carcajada ligera, compartida. Regresó a la sala, lanzó la cartera en la mesa y se sentó en el sofá, se llevó las manos a la cabeza, sin parar de reír, pero interrumpiendo la risa con largas bocanadas de aire. «Te vas mañana, ¿no? Dormiste diez años en este apartamento. Una noche más no marcará la diferencia. Es en serio, Tati. Quédate a dormir». Regresó la luz eléctrica. El bombillo del cuarto estalló. El baño se iluminó de repente, titilando. Tatiana se recompuso, se levantó y fue hasta la cocina. Habló por teléfono. No entendí lo que dijo. Susurraba. Regresó a los cinco minutos. «Está bien, Fer. ¿Qué tienes para tomar?».

Durante un tiempo inagotable, acompañados por una botella de vino de cocina, Sansón, regresamos a la barra de Greenwich. Conversamos tranquilos, como viejos amigos, sobre las trampas de la convivencia. Hacía frío, buscamos una cobija (la manta verde que habíamos comprado en nuestras vacaciones en La Puerta). La evocación de nuestras alegrías fue limpia, sin lamentos ni golpes de pecho. Pusimos sobre la mesa los mejores momentos de nuestro noviazgo, enumerándolos, describiéndolos desde la visión de cada uno, coincidiendo en la esencia, en el núcleo que, alguna vez, nos había llevado a creer que nos veríamos hacernos viejos. Me burlé de sus hábitos domésticos, de su arroz incomible o de su incapacidad para distinguir el perejil del orégano.

Nos sorprendió el amanecer, rosado y gris, anaranjado y negro, tras un manto de nubes espesas e inmovibles. Estábamos borrachos, bostezando. Teníamos los rostros muy cerca. «Te quiero, Fernando». «Y yo a ti, Tati». «En otro lugar, hubiéramos tenido mejor suerte, pero no estamos hechos para sobrevivir en el infierno. Cuídate mucho, ¿sí? Prométemelo». «Tú también. Que la vida te dé lo que yo no te supe dar. Anda, ve y encandila al mundo, como alguna vez me encandilaste a mí». Se le cerraban los ojos, se acostó en el sofá, apoyó la cabeza en un cojín. Me senté a contemplarla, a degustar sus ojos, su nariz, su boca, sus orejas perfectas. «Cántame una canción». «¿Cuál?». «No sé, la que tú quieras», susurró adormilada. Tenía tiempo sin visitar el cancionero de las salsas eróticas, con las que acostumbraba acunarla. Su respiración se hizo pausada, cada vez más lenta. Estiró los brazos, bostezó, me empapó con su aliento. Recordé una letra, con la que me empeñé en un viaje en el tiempo. Tatiana estaba envuelta en un delantal amarillo con el logo de Beco, preparábamos una torta de cumpleaños. Estaba feliz, espléndida. Y me pidió que pusiera aquella canción en el iPod. Con las manos embadurnadas de harina, bailamos en la sala. Terminamos haciendo el amor en el suelo, la torta se quemó. Como todas aquellas melodías corrientes, me la aprendí de memoria por la repetición incesante cada vez que le tocaba cocinar o cuando viajábamos en el carro. Improvisé el ritmo, aunque lo había olvidado. Con un tono ronco, áspero y desafinado, balbuceé a su oído: «*Hagamos / lo que diga el corazón / y vamos a entregarnos sin medida / la crisis terminó / lo malo quedó atrás / querida / hagamos lo que diga el corazón*». Nuestra historia comenzó a narrarse en reversa, desde los primeros indicios de su alejamiento hasta el momento del origen, en la barra de un bar en Altamira. «*Hagamos / lo que diga el corazón*», canté quitándole el cabello de la frente, acompañando su sueño tranquilo. «*Verás cómo se nos cambia la vida / tenemos que olvidar / y pronto sanará / la herida. / Hagamos lo que diga el corazón*». La vi salir de la ducha, con el cabello empapado, enredado en una toalla; escuché su risa en medio de un orgasmo; la vi desayunar parada, saliendo tarde, con las manos llenas de mermelada. Y la escuché cantar canciones de Guaco con Yolanda, borrachas, en alguna Navidad proscrita; le quité el termómetro de la boca, alivié sus fiebres; reencontré nuestro libro de Stendhal, subrayado con lápiz; la sentí llegar del trabajo, desesperada por besarme y contarme que había tenido un día de mierda. «*Siempre peleando, esto se tiene que acabar / vueltas y vueltas / siempre en el mismo lugar / suerte que tenemos / quien se acuerde de los dos / y hay un corazón que tiene / lo que te falta a ti / y hay un corazón que tiene / lo que me falta a mí*». Con el entusiasmo de un aficionado, asistí al día que intentamos freír unos tequeños y la cocina estalló, porque nos vendieron un aceite rancio. Las risas nerviosas dieron paso al agobio, a la preocupación por los salarios, cada vez más escasos, a la desesperación por las colas interminables, al miedo a la noche y la alta probabilidad de los asaltos. Y me di cuenta, entonces, de cómo ocurrió el alejamiento, de cómo la perdí, de cómo se me fue de las manos, de cómo nuestro amor fue intervenido y expropiado. *«Hagamos lo que diga el corazón / y vamos a entregarnos sin medida / la crisis terminó / lo malo quedó atrás / querida...»*. El último verso se lo dije, no lo recité. La besé en la frente. «Hagamos lo que diga el corazón. Buena suerte, mi amor. Descansa. Y recuerda, pase lo que pase, siempre te esperaré».

Me despertó el ruido de las tuberías, había regresado el agua. Vino con fuerza, marrón, llena de insectos, turbia y caliente, pero líquida. Tenía la nariz tapada, la alfombra estaba llena de polvo. Tatiana se fue sin despedirse, cerró la puerta. Fingí dormir. Hizo el amago de acercarse, pero se quedó a medio camino, temerosa, quizá, de que quisiera quedarse. Me levanté con torpeza. Me dejó un papel sobre la mesa: «Sabes bien que te amé. De alguna manera, siempre estarás conmigo. Un millón de gracias. Ojalá encuentres a una persona mejor que yo». Las ganas de orinar me arrastraron al baño. Un mojón amarillo flotaba en medio de la taza, mientras el tanque se llenaba a cuenta gotas. El chorro urgente lo hizo bailar en círculos. Me asomé a la ventana. La vi subirse a un Corsa, besó al conductor en los labios, dio la vuelta, ocupó el asiento del copiloto y se fue. Nunca imaginé que nuestra historia terminaría de esa manera, que las últimas imágenes que conservaría de ella serían los versos aleatorios de una canción del Grupo Niche y el imperecedero aroma de su mierda.

El horizonte era una línea curva, interrumpida por llamaradas lejanas. Las ráfagas de las metralletas interrumpían el canto escandaloso de las guacharacas. La tarde de mi última visita, Moreira quiso salir. Cuando llegué a su apartamento, la señora Agustina estaba en medio de la sala, vestida, empotrada en la silla de ruedas. La Pantera nos recogió en el estacionamiento. Moreira le pidió que nos llevara a algún lugar al aire libre, no quería contarme el final de su historia en la soledad de su casa. No había muchos sitios a donde ir. La ciudad estaba sitiada. Había alcabalas en todas las esquinas del municipio. La montaña era nuestra única alternativa. Los caminos sinuosos estaban desiertos;

las quintas de los alrededores, enmohecidas y abandonadas. Valle Arriba era un pueblo fantasma. Durante el recorrido, no nos cruzamos con una sola persona, solo con carros oxidados, varados sobre cuatro bloques. A pesar de las advertencias de La Pantera, quien temía un asalto inminente, paramos en el mirador de La Alameda. La autopista Prados del Este, al fondo, era un inmenso campo de batalla. Empujé la silla de ruedas hasta el centro de la plaza. Contemplamos el paisaje, la humareda negra, las nubes anaranjadas, contaminadas por los gases. Los tres, uno al lado del otro, presenciábamos la destrucción de nuestro pequeño mundo. Moreira tomó la mano de Agustina, le limpió los labios. Antes de comenzar, me regaló una sonrisa inmensa.

«Una tarde de marzo, en nuestros últimos días en el Prado de María, recibimos una visita. Un matrimonio de alentejanos vino desde Brasil, querían conocer a mi señora. Y nos hablaron del General Aquilino Moraes. El nombre como tal no nos dijo nada, pero cuando Agustina vio las fotografías, reconoció al militar que le había salvado la vida. Supimos, entonces, que su caso no había sido una excepción. La compasión de ese oficial ayudó a muchas personas a escapar de la prisión y, a veces, de la muerte. El uniforme de la PIDE no le impidió tener un poquito de humanidad. Los Rodrigues, los alentejanos, nos contaron que habían contabilizado más de treinta personas que, a lo largo de quince años, habían logrado salvarse gracias a la mediación oportuna del general. No había criterios en su elección, el azar era su método. Cuando las circunstancias lo permitían, a espaldas de sus superiores, hacía los arreglos necesarios para liberar a los cautivos. La Revolución de los Claveles, sin embargo, lo condenó al ostracismo. Las comisiones de la verdad que se formaron tras la caída del Estado Novo apuntaron su nombre en el listado de los asesinos, en el libro negro del salazarismo. El desvalijamiento de la PIDE lo llevó a los tribunales de justicia, por lo que desapareció sin dejar huella. Borró su rastro. Los Rodrigues habían iniciado una investigación, querían dar con su paradero, mirarlo a la cara y preguntarle por qué razón los había elegido, por qué les había salvado la vida. Los primeros hallazgos fueron reveladores. No habían sido los únicos. La injerencia desinteresada del General impidió incontables crímenes y torturas. La lista de aquellos que habían sido protegidos por Moraes era inmensa e incluía portugueses residenciados en México, Costa Rica, Colombia, Perú, Brasil, Argentina y Venezuela. La intención de los alentejanos era encontrarlo, con el fin de reivindicar su legado altruista. Agustina escuchó el relato absorta, reconstruyendo en silencio los dramáticos días de su cautiverio. Había bloqueado su encierro. No le gustaba pensar en Portugal y mucho menos en su breve presidio. Compartió su experiencia con ellos y se comprometió a ayudarlos en la búsqueda. La indagación de los Rodrigues, sin embargo, no había llegado a buen puerto. Los testimonios de las víctimas desperdigadas por América se acumulaban, pero el destino del héroe seguía siendo un enigma. Los visitantes partieron, regresaron a Brasil, dejando en nuestra casa un aire de rareza, una tarea pendiente, un asunto al que sabíamos que debíamos hacer frente. Fue cuando aparecieron los síntomas: el temblor en las manos, la pérdida de la audición. La enfermedad revolvió las entrañas de Agustina, por lo que no pudimos colaborar en la pesquisa en torno a nuestro salvador. Mi mujer conocía su destino, había visto desfallecer a su abuela y a su madre de la misma manera, por lo que no opuso resistencia. No había forma de luchar contra lo inevitable.

»Por esos días, Lourenço y Teolinda se fueron de Venezuela. Mi hermano regresó a Portugal convertido en un hombre de fortuna. No éramos ricos, pero con el dinero que habíamos labrado en la agencia de festejos podíamos comprar nuestra propia Gouvinhas. No le gustaba lo que estaba ocurriendo en Caracas, intuyó el descalabro, la destrucción paulatina e invisible de nuestro país de acogida. No era un hombre de fe, pero el día de su partida me dijo que había tenido un sueño. Se encontró con el diablo, estaba acodado en Él Ávila y le advirtió que había venido para quedarse. Se mudaron a Lisboa. Lourenço intentó radicarse en el Marão, pero es imposible volver a los lugares que nos vieron crecer sin que la melancolía nos haga trampa. Las ausencias del pasado duelen. La realidad y la memoria discrepan con frecuencia. Mi hermano cumplió su palabra, antes de partir, recordó que teníamos una deuda. Puso a mi nombre la casa de la avenida Chama y me pagó los honorarios que no pudo pagarme cuando llegué a Venezuela. Se fueron. Durante las fiestas, hablábamos por teléfono. Una vez al año nos enviaba una caja con libros, autores desconocidos en español, con los que Agustina y yo manteníamos el taller de lectura y nuestro inagotable e indecible amor por la tierra portuguesa. La hermosa *Galveias* fue una de sus últimas ofertas. ¡Cantés! Si el mundo escuchara con más atención a los escritores, tendríamos mejor suerte. No sé cómo ocurrió, pero ese joven, al que llaman Peixoto, ya había visto el paso del cometa. Trató de advertirnos, pero no lo tomamos en cuenta.

»La casa de la avenida Chama era demasiado grande para nosotros. Las escaleras eran un calvario. Buscamos otro lugar para vivir, y fue cuando encontramos un pequeño apartamento en el Centro Polo, en el que pasamos nuestros últimos días. La enfermedad de Agustina interrumpió muchos proyectos. Agustina quería formar su propia escuela de teatro, independizarse del tutelaje de Romeo Costea. Meses antes de perder la conciencia, me propuso convertir la vieja casona en un espacio de actividades culturales. Quería llamarlo La Sibila, en honor a su novela predilecta. Hicimos un plan de trabajo, trazamos los primeros borradores, pero la voracidad de su mal anestesió nuestro empeño. Agustina se fue a apagando poco a poco, haciendo de la cotidianidad un suplicio, convirtiendo las rutinas elementales en insoportables agobios». Una explosión lejana interrumpió el relato de Moreira. Una parte de El Ávila ardió como si, desde la cima invisible, corriera una cascada de combustible. «Antes de perder el sentido, con los últimos remansos de lucidez, mi señora me pidió dos cosas: que no abandonara la idea de La Sibila y que encontrara al hombre que le había salvado la vida. Tenía que mirarlo a la cara, darle las gracias y, en caso de que necesitara ayuda, hacer por él lo que estuviera en mis manos. Esa fue la última vez que logró articular algo con sentido, luego vinieron los balbuceos, los ruidos, los gemidos informes. No le contaré los pormenores de nuestra despedida. El adiós entre dos enamorados es un asunto privado.

»Las últimas voluntades de mi mujer fueron mi más comprometida cruzada. En vano, intenté sacar adelante la escuela de teatro. Necesitaba encontrar a una persona competente, capaz de asumir esa tarea, pero no sabía cómo hacerlo. Intenté pedir los permisos en la alcaldía, pero los trámites burocráticos eran inmensos e incomprensibles. La búsqueda del General Aquilino Moraes resultó más afortunada, porque en una conversación telefónica con el matrimonio Rodrigues, me informé sobre sus más recientes hallazgos. Tenían razones suficientes para creer que el General vivía en Venezuela y que había elegido Caracas como lugar de refugio. La información era escasa e imprecisa. No tenía grandes expectativas de encontrarlo, pero a través de un contacto en la agencia de festejos, un viejo militar que tenía un cargo de directivo en el SAIME, supe que en Caracas residían o habían residido tres Aquilinos Moraes. El primero en Los Rosales, propietario de un parque de atracciones mecánicas; el segundo en la Urbina, un viejo comerciante enfermo de gota; y el tercero en La Candelaria, cerca del restaurante Guernica. El número de teléfono que tenía no funcionaba, por lo que decidí visitarlo. Me recibió una señora mayor que se presentó como su cuñada. Me invitó a pasar a su casa y me contó la historia del desdichado Aquilino. No sabía cuándo había llegado a Venezuela, pero me dijo que su hermana menor se había enamorado de él. Se conocieron en el mercado de Quinta Crespo, donde ella atendía un puesto y él era repartidor de pescado. Nunca se casaron, pero tuvieron un hijo. En el Registro Civil, por torpeza de los escribanos, españolizaron el apellido. El Moraes se convirtió en Morales. Rosaura, la señora con la que conversé, me dijo que Aquilino era un hombre empequeñecido por la culpa, de pocas palabras, inexpresivo y amargado. Nunca hablaba del pasado, pero ella intuía que llevaba una carga muy grande, porque algunas noches, abrazado a una botella de whisky, lo había escuchado llorar y lamentarse. La mala conciencia lo llevó al límite. Durante los trágicos sucesos de 1989, cuando la furia se apoderó de las calles de Venezuela, el General Aquilino Moraes se descerrajó en la cara un tiro de escopeta. La hermana de Rosaura no soportó la pérdida. La desaparición de los seres amados, en ocasiones, puede sacar lo peor de nosotros. Cuando perdemos la esperanza de la felicidad, los corazones son un caldo de cultivo para la ira y el reconcomio. La conversación fluyó por otras vías, conectamos, nos caímos bien. Compartimos un café y unas pastas secas. Fue cuando vi la foto del hijo del General Moraes. Rosaura me habló de usted, Fernando. Me dio sus señas, me advirtió que vivía en Colinas de Bello Monte y que era profesor de educación media. En el bar de Giménez, me enteré de que hacía tiempo, junto a un amigo suyo, pretendía fundar un centro cultural en el municipio, pero que las gestiones con la Alcaldía de Baruta resultaban intransitables, no tenía el capital suficiente. Si usted lo prefiere, llámelo coincidencia, pero yo me siento más a gusto llamándolo destino. Si lo quiere así, llámelo azar, pero este viejo portugués de Trás-os-Montes prefiere pensar que Dios nos tendió una trampa y nos trajo hasta este lugar».

No caí en cuenta de las implicaciones del testimonio de Moreira hasta que terminó su relato. Seguíamos de pie, en el mirador de la Alameda, contemplando un horizonte siniestro. Giró la silla de ruedas, tomó la cabeza de la enferma, volvió a limpiarle la saliva acumulada en el borde. «Querida Agustina, este es el hijo del hombre que te salvó la vida, he tratado de ayudarlo con lo poco que tenemos, tal como me pediste, pero la realidad es inclemente y, la verdad, no he podido hacer mucho por él. Espero que puedas perdonarme. Se llama Fernando y es una buena persona, como su padre. Amigo Fernando, le presento a mi señora, Agustina». Levantó la mano muerta y me obligó a tomarla. «No se preocupe, háblele con confianza, que ella lo entiende, de alguna forma lo entiende. He cumplido mi palabra, mi bien. En este mundo, no me queda mucho por hacer, más que esperar el fin. Si así lo deseas, puedes descansar en paz, cuando quieras, pero si prefieres esperar, seguiré leyéndote todas las noches, como lo hemos hecho durante todo este tiempo».

Nos quedamos contemplando la batalla, atendiendo a los ecos de las balas que estallaban al fondo. La mano fría e ingrávida de la mujer enferma seguía aprisionada entre mis dedos. La remembranza de los años pasados a la sombra de un hombre al que apenas recordaba me llenó los ojos de lágrimas. «Me hubiera gustado preguntarle a su padre por qué eligió salvar a Agustina. ¿Qué le hizo ayudar a tantas personas? ¿Por qué desobedeció a sus superiores? ¿A cuántos quiso salvar y no pudo? ¿Qué le hizo desconocer a Salazar y apostar por la vida de los extraños? Hoy, querido amigo, generaciones de portugueses existen gracias a su desobediencia, su acto de sabotaje es parte de la memoria viva de nuestro Portugal desaparecido. Las personas, Fernando, siempre pueden elegir, a pesar de que les digan que existe la necesidad de hacer daño. No todos los victimarios carecen de alma, algunos terminan siendo verdugos de sí mismos. Ya lo decía el señor Torga: *El corazón de los hombres, por muy duro que sea, tiene siempre un punto débil por donde se cuela la ternura*». «¿Por qué no me lo contó antes, Moreira? ¿Por qué no me había hablado de esto?». «No lo sé, no había llegado el momento. Yo no soy el director de la orquesta, el que hace los planes es otro, aquel que descansa detrás de esos nubarrones negros. ¡Cantés! ¡Qué ingenioso! Un asteroide tuvo que llevarse por delante medio Portugal para que usted se dignara a visitarme». «¿Qué sentido puede tener todo esto? ¿Qué plan es este, Moreira?», señalé la autopista, la humareda negra y la cascada de fuego que atravesaba El Ávila. «Si su Dios existe, está enfermo». «La humanidad se impondrá, querido amigo, siempre se impone, nunca lo dude. Mientras existan hombres como su padre, que elijan la vida, a pesar de sus circunstancias, tendremos esperanza».

Moreira percibió mi escepticismo, mi gesto burlesco. «No sea tan severo consigo mismo. A su manera, usted es un héroe». Me invadió la risa. Agradecí el intento de moralización, pero descarté su teoría. «Yo solo soy un idiota; un soñador sin sueños; un trozo de carne podrida, condenada a desaparecer dentro de los muros de mi ciudad. Uno de estos días apareceré muerto en el hombrillo de la autopista, inflado como un perro». Moreira, intérprete magistral de mi tristeza, refutó mi invectiva. «¡Los muchachos, Fernando! No olvide a los muchachos. El trabajo que hace con ellos es admirable, su profesión es admirable. No menosprecie su esfuerzo. Usted ha marcado la vida de muchos de esos jóvenes que están por ahí, matándose en las calles, luchando por la libertad perdida. Y lo conseguirán, Fernando, lo lograrán; es la historia del mundo, es el destino de los pueblos. La gente común no sabe lo difícil que resulta inspirar a los afligidos, levantarles el ánimo a los desahuciados y decirles que, aunque les duela respirar, vale la pena vivir. Dele tiempo al tiempo, créame. Algún día, uno de esos muchachos logrará algo importante: descubrirá una vacuna, compondrá una sinfonía, obtendrá una medalla olímpica o redactará una ley que hará de este mundo un lugar más justo, y cuando eso ocurra, cuando haga el balance de su triunfo, dirá para sí mismo: "Sin lo que me enseñó el profesor Fernando, no lo hubiera logrado"». «No lograrán nada, Moreira. Mientras conversamos, los están matando o violando en el Helicoide. No me siento orgulloso por mi trabajo, al contrario, siento un profundo remordimiento de conciencia por invitarlos a soñar, por reforzar unas ilusiones que no llegarán a ninguna parte, porque no son realizables, porque este país se acabó, hace tiempo que no existe. Somos los últimos sobrevivientes, pero estamos condenados». «Todavía está a tiempo de hacer algo al respecto». «¿Y qué se supone que voy a hacer?». «No lo sé, el profesor es usted. Yo solo soy un hombre iletrado de Trás-os-Montes, personaje de comparsa elegido por Dios para ayudarlo a encontrar su camino». Un grito de mujer, desesperado, atorrante, viajó desde la autopista. El eco nos abrasó, convertido en aullido. «¡Pobre país, querido amigo!». La sombra de un relámpago apareció entre las nubes. «Pronto pasará la niebla, tenga confianza. Déjeme compartir con usted una oración, un bello poema del señor Pessoa.

Lo escribió como despedida a Portugal, anticipándose a lo que ocurriría en este año maldito. Es un mensaje amable, profético. No creo que el señor Pessoa se moleste si adapto sus versos a las colinas caraqueñas, tan parecidas a las de nuestra tierra. Los poetas son almas solidarias, confío en que no se molestará. Intentaré traducírselo, los defectos son míos. Usted contemple la ciudad doliente y reflexione sobre lo que acabo de contarle». El cuerpo inerte de Agustina, doblado sobre la silla de ruedas, estaba en medio de nosotros. Sus dedos habían resbalado de mi mano. Moreira parecía hacer memoria, susurraba en portugués, mientras los gases lacrimógenos que estallaban en la distancia hacían del cielo de Caracas una tormenta de arena. De improviso, tras la aparición de la llovizna, enunció: «*Ni rey ni ley / ni paz ni guerra / definen el perfil y el ser / de este fulgor de tierra parda que es Venezuela entristecida / brillo sin luz y sin arder, como el que encierran los fuegos fatuos*». Bajó la mirada al suelo, cansado, haciendo un esfuerzo por sostener su inverosímil optimismo. «*Nadie sabe lo que quiere / Nadie conoce su alma, ni sabe lo que está mal ni lo que está bien / ¿Qué ansia distante llora cercana? / Todo es incierto y es postrero. / Todo disperso, nada entero. / Oh, Venezuela, hoy eres niebla*». Comenzó el aguacero. La Pantera se acercó con un paraguas. Agustina y Moreira regresaron al carro. Permanecí en el mirador con los ojos cerrados, quemándome bajo la lluvia ácida, intentando conversar con Dios, pero enfurecido con su sordera y su radical indiferencia.

Me desperté tarde, sobre el mediodía. Hacía frío, pero lo más estremecedor era el silencio. Caminé hasta el bar. En el edificio de Ascanio hacían una mudanza; una camioneta *pickup* estaba aparcada en la entrada. Dos vecinos montaban un sofá en la parte de atrás. Giménez estaba limpiando los sifones. En la televisión, transmitían un concierto que conmemoraba el primer aniversario de la tragedia portuguesa: *Lisbon forever*. «¡Cómo nos engañaron con aquello del fin del mundo! Aquí seguimos. ¡Una verdadera lástima!». Me sirvió un plato de caldo, con burbujas de grasa en la superficie. Humedecí un trozo de pan en el agua anaranjada. «Otro que se va», comenté indiferente, para amenizar el almuerzo. Giménez frunció el ceño. Le referí mi encuentro con la camioneta estacionada al otro lado de la calle. Negó con el rostro. «¿Es que no lo supiste? Ascanio se ha colga'o». El ataque de tos me hizo escupir la sopa. «No pueden venir a buscar el cuerpo, no hay furgonetas. Lo que viste no fue un sofá, fue el cuerpo de Leonidas envuelto en una cobija».

Aparté el plato. «¡Que en paz descanse el buen Ascanio!», declamó Giménez, volviendo a entretenerse con los sifones estropeados. Me incliné sobre la barra, subí el volumen del televisor. La banda irlandesa U2 improvisaba una elegía. De vez en cuando, escuchábamos el estallido de una granada o una ráfaga de metralla que venía desde la autopista. Los muertos tomaron la palabra: el pequeño Jacobo golpeó su tambor, me llamó por mi nombre. Un hombre desconocido, sin cara, puso en mis manos una escopeta. Las revelaciones de Moreira hacían más doloroso mi dilema. Lady Gaga me sacó del ensueño, su canto operático enmudeció a Alemania. Voz y piano, casi a *cappella*. Los rostros de los muchachos me pidieron auxilio. Me necesitaban. Algo me decía que tenía que hacer algo por ellos, tratar de salvarlos, como mi padre había hecho por los inocentes que estaba obligado a condenar. La angustia, convertida en urticaria, se apoderó de mi cuerpo. Tenía sangre en las encías y sarpullido en las muñecas. No podían seguir matándolos. Alguna de las partes tenía que entender que lo único que estábamos labrando con la guerra era nuestro total aniquilamiento. Llegó la lucidez. Acepté la tesis de Moreira. Al final, lo había comprendido. Un acorde de guitarra me hizo tener arcadas. El cierre del concierto estuvo a cargo de la agrupación lusitana Madredeus, que había logrado sobrevivir al impacto porque se encontraba de gira por Europa del Este. No sabía quién era Teresa Salgueiro, pero al escuchar su balada tuve la impresión de que éramos amigos de años y que, de alguna forma, habíamos escrito una canción a cuatro manos. Primer plano en la pantalla: lágrimas inmensas en los ojos de una mujer de luto. Silencio en Berlín. Había un único foco sobre el escenario, haciendo un círculo alrededor de la intérprete. *Haja o que houver* fue una arenga, un *levántate y anda* con el que reuní las fuerzas suficientes para confrontar mis temores infantiles. La melodía era una hoja de ruta. *Haja o que houver / Eu estou aquí / Haja o que houver / Espero por ti / Volta no vento / O meu amor / Volta depressa / Por favor.* Me encontré al chino Wong en medio de la calle. Tenía el suéter vinotinto de Ascanio enredado en el puño y se había hecho un ridículo escudo de plástico, con tapas de potes de *chop suey.* Me contó los rumores, los dimes y diretes que se sucedían en las colas de los automercados. Maracaibo y Valencia estaban en franca rebelión. El derrocamiento era inminente. La tragedia portuguesa inclinó la balanza a favor de la liberación de Venezuela. La Unión Europea no se daba abasto para contener las mareas humanas que escapaban del infierno. Las enfermedades diezmaron a los sobrevivientes y las epidemias se extendieron a lo largo del continente. Los migrantes portugueses, como en los tiempos de Vasco da Gama, iniciaron la reconquista de América. Los viajes intercontinentales, desde los puertos de Inglaterra, se convirtieron en la más apreciada alternativa de salvación. Lusitanos desheredados y huérfanos cruzaban el océano en busca de una nueva vida. La situación de Venezuela, la anarquía institucionalizada, era un problema logístico para los programas de refugio. Hacía tiempo que habíamos dejado de creer en los rumores libertarios, pero esta vez, un algo impreciso sugería que la Revolución tenía las horas contadas. Cuando Venezolana de Televisión, de manera intempestiva, interrumpió sus transmisiones, millones de personas salieron a las calles de Caracas. El segundo piso de la autopista era una marea de franelas blancas y banderas rotas. Avanzaban con rabia, en absoluto silencio, con la desnutrición deformando sus rostros amarillos. No había cánticos ni vítores, como en los tiempos de las protestas festivas, cuando la alegría era la más popular de las mascaradas. Por primera vez, desde el inicio de la guerra, el cordón militar que las Fuerzas Armadas solían instalar a la altura de El Rosal había sido desbordado. Los manifestantes atropellaron la alcabala, obligando a los militares a replegarse hacia el centro. Marejadas humanas venían desde la Valle-Coche, desde el Paraíso y Montalbán. El último bastión del Ejército se había atrincherado bajo el elevado de la UCV, disparando a matar a todo lo que tenían alrededor. La esperanza de los marchantes era discreta y contenida. No teníamos razones suficientes para creer. En otros momentos, habíamos estado demasiado cerca, habíamos palpado la libertad con las manos, para luego ser burlados y humillados con acuerdos espurios, planes de concilio, elecciones deshonestas, diálogos inútiles y negociaciones invisibles entre líderes oportunistas y taimados. La probabilidad de un nuevo desengaño era más alta que la expectativa del triunfo.

Cuando llegué a la avenida principal de Bello Monte, el Guaire estaba a punto de desbordarse. Me atreví a cruzar el puente, dominando el miedo, con el balazo de escopeta abrasando mis tímpanos, pero determinado a pasar al otro lado. En el cruce, encontré una ballena volteada de la que salía un humo gris, con olor a carne quemada. Dos funcionarios de la Guardia Nacional ardían en el asiento delantero. No tenían piel, solo vestían un uniforme de candela. Desde el semáforo roto, colgaba un cuerpo desnudo al que le habían cortado los testículos. El rostro del ahorcado me resultó familiar. Alexander, Prepucio, se bamboleaba con la brisa. Los perros callejeros lo vigilaban atentos, saltaban hasta masticarle los tobillos, bebiendo con ansias la sangre que caía desde sus piernas azuladas. Me pregunté por qué razón se había empeñado en destruirnos. No recordaba haberle hecho algún desplante o haber pecado de omisión. Quizá, si hubiera estado más atento a su desconsuelo infantil, si no hubiera menospreciado su malestar, nos habríamos evitado la estupidez de su furia.

El puente sobre el río parecía una barca de Caronte, fabricada con asfalto barato. El bloque de concreto estaba a punto de desplomarse. En el Guaire, había más cadáveres que mierda. La corriente turbia arrastraba incontables desechos, materiales y humanos. El marrón del agua se había convertido en rojo. Los claros de la autopista eran hospitales improvisados, en los que los miembros de los Cascos Verdes amontonaban personas mutiladas. Las madres iracundas apedreaban soldados en interiores, desvalijaban patrullas y tanquetas. Me dejé llevar por el gentío, seguí la ruta de los enfermos de rabia. Las nubes oscuras impedían contemplar la cima de El Ávila. El suelo estaba lleno de vidrio y casquillos de balas. A la vera del camino, el hotel Aladdin se estaba quemando. El fuego había comenzado en la planta baja, pero las llamas habían logrado llegar a la azotea, desintegrando los arabescos inflamables. Una pareja fornicaba en el rellano de las escaleras de caracol, a la altura del quinto piso. Resignados al sacrificio, estaban dispuestos a perecer en la entrega, confundiendo el orgasmo con la asfixia. Nadie les prestaba atención, su patetismo era una lúdica metáfora de nuestro gentilicio; la brevedad del goce era más estimulante que la posibilidad de salvarse.

Los hombres y mujeres de mi generación avanzaban por inercia. La incertidumbre sostenía sus pasos aletargados, expectantes pero incrédulos. Las personas mayores no lograban contener la frustración, el dolor por las heridas abiertas, por todo lo perdido, pero los que caminaban con más determinación eran los jóvenes, los muchachos de rasgos avejentados y mal nutridos que habían perdido la infancia por asalto. Reconocí a varios exalumnos, compañeros de aulas y pesares. «¡Profe!», gritaban risueños, batidos por el cansancio. Identifiqué a los hermanos Azpurua, a los Arias, Bastardo, Bejarano, Castro, Cifuentes, Córdova, Egan, Fernández, Granados, Heredia, López, Losada, Maita, Manrique, Méndez, Sánchez, Sandoval, Padrón, Pellico, Porras, Quirós, Torres, Valdés, Vera. Veinte años de oficio traducidos en rostros desventurados y palúdicos. Habían logrado sobrevivir, sortear los efectos de la Guerra a Muerte. Y pensé en todos aquellos que se habían ido del país, expulsados de su lugar de nacimiento. En medio del tumulto, reconocí a los chamos de La Caja de Fósforos, los teatreros. Muchos de ellos habían dado sus primeros pasos en La Sibila. También reencontré a mis colegas, los viejos profesores del Atenas, del Santo Tomás, del Fray Luis y del

Promesas, guerreros indomables que habían elegido librar sus batallas en la difícil arena de las aulas. Julia estaba entre ellos, ojerosa, vestida con harapos y remiendos. No intercambiamos palabras. Apenas la besé en mejilla y le di la espalda, como acostumbraba dársela después de nuestros fracasados intentos por llegar a compenetrarnos.

El olor a carne podrida llegó al cruzar hacia Plaza Venezuela. La vieja Zona Rental, el desabastecido Bicentenario, era una morgue insalubre por la que deambulaban ratas y culebras hambrientas. Cadáveres indistintos, de militares y manifestantes, eran lanzados en las zanjas, los unos sobre los otros, improvisando piras que despedían un humo verde. Alrededor de la estatua de María Lionza se agrupaban los más desesperados. Algunas mujeres alzaban en brazos los cuerpos de sus hijos pequeños, endurecidos y morados, a la espera de un milagro. Otras hacían ofrendas escatológicas a la diosa. La mayoría estaba en la base del monumento. Tenían los ojos cerrados, las manos cubriéndoles las orejas. «Basta. ¡Dios mío, por favor, ya basta!», gritaban a viva voz. Los accesos a la UCV estaban bloqueados. Una bomba había destrozado el puente. La única forma de pasar hacia el centro era escalando los escombros o bordeándolos por la vera del Guaire. El mural del artista Pedro León Zapata había desaparecido, solo quedaba un retazo de cerámica roja en el que se intuían las orejas de Simón Rodríguez. Un boquete en la cerca abría el acceso al jardín botánico. Las llamas habían consumido la colección de orquídeas, los árboles de palma y los troncos de los apamates. En el bosque vegetal no había nada, solo una alfombra negra en cuyo centro se habían inmolado siete guacamayas azules, dispuestas en forma de triángulo. El barullo impedía avanzar, se habían juntado los grupos que venían desde Santa Mónica y el oeste. Los ejércitos de gente común habían coincido bajo las torres de Parque Central, desalojadas desde hacía meses por un incendio inextinguible. No había paso hacia la avenida Bolívar, cuatro tanquetas incineradas bloqueaban el acceso al túnel. La última línea de defensa de la Revolución estaba encallada frente al Teatro Teresa Carreño y lo que quedaba del Ejército estaba acuartelado en la avenida México. Habían formado una impenetrable trinchera. No había jerarquías ni privilegios, solo prevalecía la voluntad del más fuerte. La Guardia Nacional, el SEBIN y las policías municipales confundían sus uniformes. Algunos comenzaron a desertar e invisibilizarse entre la masa.

El cansancio y el miedo impedían nuevas arremetidas. Los Cascos Verdes llevaban botellas de agua, transportaban a los heridos sobre carritos de helado. Fue difícil avanzar en la cabecera de la marcha, pero tenía que encontrar a los muchachos, advertirles que teníamos una oportunidad. Sabía que estarían en la primera línea. Después de la muerte de Jacobo, no tenían reparos en exponerse junto a los niños de la calle, alimentados con pegamento, que abrazaban las bombas molotov y se lanzaban contra las ballenas como experimentados kamikazes. La vanguardia era un tropel de carajitos indefensos que le habían perdido el miedo a la muerte. Entre empujones, logré hacerme espacio. Jean Carlo me llamó por mi nombre. Tenía una pierna rota, entablillada con un palo. Levantó el brazo. «¡Profe!». No habíamos vuelto a vernos desde el cierre de La Sibila, cuando amenazó con inmolarse. Señaló hacia Plaza Venezuela. El fuego consumía el edificio de La Tumba. Me contó que hubo un motín en el centro penitenciario, los presos escaparon, al igual que en el Helicoide. Andrea, Esteban y José Luis estaban más adelante, cubiertos de cal y de sangre, pero vivos, enteros. La línea de defensa era un muro de morrales rellenos de arena, escudos de lata y cuerpos en descomposición, adolescentes hinchados a los que no se les veían los rostros, cubiertos con máscaras de Anonymous. Los sobrevivientes afilaban sus piedras, sacaban pólvora de los fosforitos, echaban gasolina en las botellas vacías.

En el hombrillo, me encontré a Mimi. De rodillas sobre el asfalto, conversaba con un moribundo. Román tenía una herida en el abdomen de la que le brotaban pedazos de intestino. Alrededor de María Victoria se había formado un charco de sangre negra. Los ojos amarillos estaban fijos en su cara, impasibles, tranquilos, como si la mirada de Mimi tuviera un inmediato efecto analgésico. Le acarició las sienes manchadas, lo besó en la cabeza, parecía arrullarlo con un chiste o una canción de cuna. La bandera rota de Jacobo le hacía presión en el corte, tratando de contener la hemorragia inmensa. El pie izquierdo comenzó a moverse, estimulado por los reflejos. Román no paraba de salivar, de intentar decir algo, pero cada palabra era una arcada líquida, un doloroso ataque de tos roja. El puño mojado, agonizante, le apretó la camisa, se le durmió sobre el vientre. El último estertor le dejó los ojos abiertos, con la pupila fija y empequeñecida. Los brazos tatuados se explayaron en caída libre, mientras Mimi gritaba flagelada por un dolor profundo e insondable. José Luis intentó hablarle, ayudarla a levantarse, pero no quería moverse, no podía. María Victoria había acompañado a Román al otro lado, como si caminaran tomados de la mano, por una dimensión más apacible. Me incliné frente a ella, le quité el pelo de la cara. Volvió en sí, aunque se tomó su tiempo. Le costó reconocerme. «¿Profe?», evocó con una sonrisa, bañada en lágrimas. Miró a su alrededor, suspiró. Besó los labios húmedos, aún calientes, del cadáver, le cerró los ojos con los dedos entumecidos. Me amedrentó con su ironía: «¡Un caballo, profe, un caballo. ¡Mi reino por un caballo!». Se ovilló en el suelo, como intentando dormir, pasando un brazo sobre el pecho de su novio muerto, extendiendo la bandera de Jacobo y usándola como cobija. «Hasta mañana, Fernando. Hasta mañana».

La última avanzada, contaban los muchachos, fue una agresiva masacre. No había manera de pasar hacia el centro. Un militar iracundo, de acento cubano, gritaba a través de un parlante que el pueblo venezolano nunca permitiría que los apátridas llegaran al Palacio de Miraflores y que defenderían la Revolución con el último soplo de sus vidas miserables. Salté la barricada, me colé entre los morrales de arena. Tenía que hablar con ellos, tenían que entender. Como dijo Moreira, alguno de ellos debía conservar un poquito de ternura en su corazón enfermo. Sabía que, si lograba imponer mis argumentos, el enfrentamiento se resolvería en los mejores términos. Esquivé los escombros, crucé la línea invisible. Alcé los brazos, extendí las manos, una brisa ligera se llevó la humareda del frente. Distinguí una línea de soldados que, a pocos metros de distancia, me apuntaba con sus fusiles. Avancé unos pasos, pero una fuerza bruta me tomó por el hombro, me obligó a girarme, las uñas afiladas se me clavaron en el antebrazo. Andrea tenía el rostro desencajado por las lágrimas. La ansiedad le impedía articular palabras. Entre ruidos, logró pronunciar: «No, profe, no. ¡Usted, no, por favor!». Temblaba. Le claqueaban los dientes. «¡No vaya, profe!», repetía incesante. Tomé su rostro con mis manos, acaricié su cabello sucio. «Tranquila, mi niña. Todo va a estar bien». «Nada va a estar bien. Nada está bien. No diga que va a estar bien porque nada está bien». «Ya lo verás. Pronto estaremos juntos en la barra de Giménez». La besé en la frente, logré desprenderme de su abrazo mecánico, del latido incesante, de la lagartija desesperada. Lo último que vi antes de confrontar la línea del Ejército fue su cara infantil, desfigurada por la angustia. Con las manos arriba, caminé en dirección al enemigo. Me invadió el silencio. El mundo real comenzó a registrarse en cámara lenta. Mi plan era infalible: tenía que ofrecerles un diálogo sincero. Sabía que el acuerdo era posible. La razón humana y la compasión tenían que resultar alegatos irrefutables. Después de tanta muerte, teníamos que firmar una tregua. *Haja O Que Ouver*, la canción de Madredeus, acompañó mi recorrido. La voz de Teresa Salgueiro mantuvo mi entereza, me dio fuerzas y me llevó a visitar lugares inexplorados. *Ha quanto tempo / Ja esqueci / Porque fiquei / Longe de ti / Cada momento / E pior / Volta no vento / Por favor.* Recordé un cumpleaños de Tatiana y una torta quemada. Hicimos el amor en el suelo.

Habíamos sido felices antes del fin del mundo. *Eu sei / quem és pra mim / Haja o que houver / espero por ti.* Cuando abrí los ojos, encontré a un grupo de niños asustados, disfrazados de soldados, vistiendo uniformes que les quedaban grandes. Tenían miedo y somnolencia. No querían disparar, intuí que no querían hacerlo, pero las arengas de sus superiores los obligaban a defender la dignidad de la patria. «¡Son niños, solo son niños!, ¿pero es que no lo entienden?», grité, convencido de la nobleza de mi causa. Me sorprendió mi seguridad, mi firmeza, mi creencia en el mantra de que no podíamos seguir aniquilándonos porque éramos seres humanos. Imaginé un discurso que no fui capaz pronunciar, lo que quería decir se me quedó escondido en el badajo, porque no me dejaban alzar la voz, porque no estaban interesados en oírme, porque lo único que me pedían era que me alejara de la vía. Un oficial enardecido golpeó la espalda de un adolescente que estaba en la primera línea, dictó una orden. No todos la cumplieron, pero algunos fueron asertivos y diligentes. La primera bala cayó delante de mí, me rompió el zapato, me hizo una cortada en el dedo gordo, pero no me impidió seguir adelante. El segundo estallido me rasguñó la oreja derecha, me manchó las sienes de sangre y me hizo perder el equilibrio. Aun así, me mantuve en pie. No dejé de caminar, convencido de que podía cumplir con mi difícil encomienda. La tercera bala me sacó el aire, se me clavó en la boca del estómago y me hizo girar como un trompo. Las piernas saltaron por el impacto, quebradas a la altura de la tibia. Caí de espaldas sobre el concreto. Durante el vuelo, con la mirada sobre la turba, logré distinguir algunos rostros y escuchar el aullido. Les leí los labios, mortificado por su suerte: «¡Profeeeeeeeeee!». Invadidos por la furia, se levantaron aguerridos. José Luis, Esteban, Andrea, Jean Carlo, sosteniendo piedras y picos de botellas, saltaron los morrales de arena. Y tras ellos, enardecidos e imparables, corrían los hermanos Azpurua, los Arias, Bastardo, Bejarano, Castro, Cifuentes, Córdova, Egan, Fernández, Granados, Heredia, López, Maita, Manrique, Méndez, Sánchez, Sandoval, Padrón, Pellico, Porras, Quirós, Torres, Valdés, Vera. El entusiasmo contagió al resto de los manifestantes, alejó los temores y el cansancio. En cuestión de segundos, la voraz estampida atravesó la calle y se llevó por delante la barrera de soldados. Las balas les silbaban alrededor. Muchos cayeron, pero otros lograron cruzar y batirse en combates cuerpo a cuerpo con militares famélicos, quitarles los fusiles de las manos y matarlos a golpes, abrirles los cráneos a cachazos. Al lado de Jean Carlo, avanzaban dos niños, no tendrían más de quince años, uno moreno y otro rubio. Se desplomaron de súbito, los proyectiles se les clavaron en las cabezas rapadas, pero el Gordo permaneció intacto, como si, por alguna razón incognoscible, estuviera protegido por el destino. Unas manos extrañas me tomaron por los hombros y me arrastraron hasta un claro, reconocí el color de los cascos. Me dolía respirar. La cantidad de personas que se sacrificaron esa tarde es incontable, pero su caída no intimidaba a los que venían detrás. El avance era irreversible. No sé cuánto tiempo pasó. No sé si me mantuve despierto o dormido. Los disparos cesaron de repente, dándole paso a los ayes de los heridos y los lamentos de los supervivientes. En el suelo, entre el conjunto de vencidos, reconocí una cabellera castaña, empegostada por la sangre fresca. La lagartija en el cuello estaba tapada por pedazos de masa encefálica. Lo que quedaba de Andrea tenía una botella rota apretada en el puño, dos agujeros en la sien y una mochila desgarrada en la espalda, de la que sobresalía un libro de poemas de Mario Benedetti. Los enfermeros intentaron montarme en una moto, pero algo los paralizó. Una sensación rara, inédita, nos erizó la piel, un *déjà vu*: calor. Después de un año de oscuridad, el cielo de Caracas hizo un aparte y dejó pasar un haz de luz, diminuto pero precioso. El sol, filtrado por el humo, trazó un rectángulo perfecto sobre el Paseo Colón y una mínima parte de la autopista. La zona áurea estaba centrada por la piedad, el cuerpo arrodillado de Mimi que sostenía los restos de Román, llevándole la mano hasta la base del vientre, hablando sola, como si estuviera rezando o haciendo un juramento solemne. Detrás de ella, la luz dibujaba el perfil hexagonal de la sala Ríos Reyna del Teatro Teresa Carreño, uno de los pocos edificios que había logrado permanecer intacto.

El paso rasante de un avión quebró la barrera del sonido. Una camioneta, accidentada en la curva, abrió sus puertas traseras, ostentando unas cornetas gigantes. El noticiero FM Center interrumpió la estática. Periodistas exaltados hablaban atropellándose, gritaban, apenas se entendía lo que querían decir. Las fuerzas rebeldes habían tomado el control de las bases militares de Maracaibo, Valencia y Maracay. En Caracas, la última línea de defensa castrense había sido quebrada por la turba. Los manifestantes habían llegado al palacio. Cuando el locutor, valiéndose de un vasto compendio de clichés patrioteros, anunció la anhelada libertad, las personas no supieron cómo reaccionar, porque el júbilo tenía demasiados dolientes. Poco a poco, comenzaron los abrazos festivos, las carcajadas nerviosas, los llantos incontrolables de aquellos que lo habían perdido todo, excepto una vida a la que no le quedaban afectos ni hogares a los que regresar. José Luis y Esteban se reconocieron a distancia, corrieron hasta encontrarse, se besaron en los labios, agradecidos e incrédulos, tocándose, para saber si estaban completos. De improviso, comenzaron a llorar. A un lado del camino, con un suéter vinotinto enredado en el puño y protegido por un escudo de plástico hecho con potes de arroz, descubrí la silueta del chino Wong. Se reía como un loco, dando puñetazos sobre los charcos. «¡Somos *libles*, *helmano*, somos *libles*!». También reconocí a mi alumno, Marcel Hidalgo, envejecido y desdentado, con una medalla de latón colgándole del pecho. El Gordo Jeanco lo cargaba sobre sus hombros; ondeaba una bandera manchada de sangre con las estrellas descosidas. La alegría de Jean Carlo perdió fuelle cuando miró a su alrededor y no encontró a la persona que buscaba. La expresión le cambió por completo, intuyó lo ocurrido. Lo último que escuché antes de perder el sentido fue el grito desesperado de mi pequeño Orson Welles preguntando por su mejor amiga. «¡Andrea! ¡Andrea! ¿Dónde estás, Andrea?».

Los Cascos Verdes me preguntaron mi nombre, no fui capaz de responder. Una vez más, intentaron subirme a la parte de atrás de una moto, pero la calle era intransitable. En el amago, rodé sobre el asfalto. Y nunca comprendí si las últimas visiones de mi vida terrena ocurrieron en realidad o solo fueron fragmentos de un delirio romántico, provocado por mi agonía. Me caí sin saber si el calor era real o inventado. Me caí sin saber lo que ocurriría a continuación, preguntándome si había valido la pena haber derramado tanta sangre. «Dame tiempo, date tiempo», susurró Tatiana desde la boca de un túnel, parada frente a una torta de cumpleaños. Y caí sin saber si los muchachos, los que habían logrado salvarse, construirían vidas dignas o se convertirían en los villanos de siempre, condenados por la ignorancia de su estirpe a perecer en la inmundicia de su historia. Me caí sin saber si las decisiones individuales pueden marcar la diferencia, pero con la certeza irrefutable de que los impulsos del corazón humano son la única defensa que tenemos contra el sonido atorrante de las trompetas del apocalipsis.

Tati sopló las velas. Besé sus labios invisibles. El dolor desapareció. Oscuridad. Paz. Silencio. «Nunca me di cuenta de cómo te perdí. Perdóname. *Haja o que ouver*, siempre te esperaré».

SALUDOS CONNECTION

El síndrome de Lisboa y Saludos Connection

En ocasiones, las intenciones estéticas de un autor están en sintonía con los proyectos sociales de personas e instituciones que trabajan de manera infatigable por la reivindicación de los derechos humanos en el mundo. El argumento de *El síndrome de Lisboa* tiene correspondencias significativas con la labor de visibilidad de la crisis venezolana que realiza el equipo de Saludos Connection. Esta organización sin fines de lucro, radicada en Texas, busca reflexionar y concientizar al público internacional sobre los graves problemas de educación y salud que existen en Venezuela. La experiencia de *El síndrome de Lisboa* nos permitió asistir a valiosas y lúcidas conversaciones sobre el poder del arte literario para participar de manera activa en procesos de intervención social como los que impulsa Saludos Connection. La novela no es un panfleto ni un programa político, pero sí comparte la urgencia de contarle al mundo a través de un relato distópico algunas de las cosas que, desde hace más de dos décadas, ocurren en Venezuela.

El síndrome de Lisboa transcurre en un futuro próximo o un presente alternativo. El colapso de las comunicaciones y el fallo generalizado de la tecnología hacen que los rumores en torno a lo ocurrido al otro lado del mundo sean desalentadores y angustiantes. La información (fragmentaria, contradictoria, especulativa) fomenta la invención de hipótesis abyectas. La primera noticia verificada es que ocurrió un cataclismo. Días más tarde, se confirma lo imposible: la capital de Portugal ha sido devastada. Las noticias sobre la tragedia refuerzan el desasosiego de una Venezuela arruinada y envilecida por el militarismo. En medio del marasmo, la depresión colectiva, la falta de información y el temor (legítimo) ante un inminente apocalipsis, un profesor de educación media trata de mantener el interés de sus estudiantes por las artes, la vida y la libertad. *El síndrome de Lisboa* **es una metáfora sobre la destrucción del mundo**; el contraste entre la desaparición física de un país y el hundimiento moral de otro. **La novela es la épica fallida (pero incansable) de los estudiantes venezolanos asfixiados por la tiranía** y un diálogo romántico con la literatura portuguesa, a través de la figura melancólica y entrañable del viejo Moreira.

Quiero agradecer el apoyo de Saludos Connection y, en especial de María Cristina Manrique de Henning y familia, por acompañar con atención y cuidado los procesos creativos, editoriales y audiovisuales de *El síndrome de Lisboa*; su confianza en el poder de las letras como ejercicio de responsabilidad social resultó muy estimulante para mi crecimiento como artista. Con la compra de este libro, el lector está contribuyendo a fortalecer la misión interdisciplinaria de la ONG Saludos Connection.

Eduardo Sánchez Rugeles